浙江少年文学新星丛书·第八辑

海 飞 主编

鼹鼠先生的春日列车

梁熙得 著

浙江工商大学出版社

ZHEJIANG GONGSHANG UNIVERSITY PRESS

·杭州·

图书在版编目(CIP)数据

鼹鼠先生的春日列车 / 梁熙得著. —杭州:浙江
工商大学出版社,2022.1

(浙江少年文学新星丛书 / 海飞主编. 第八辑)
ISBN 978-7-5178-4799-1

Ⅰ. ①鼹… Ⅱ. ①梁… Ⅲ. ①作文—中学—选集
Ⅳ. ①H194.5

中国版本图书馆 CIP 数据核字(2022)第003149号

鼹鼠先生的春日列车
YANSHU XIANSHENG DE CHUNRI LIECHE

梁熙得 著

责任编辑	沈明珠
责任校对	韩新严
封面设计	浙信文化
责任印制	包建辉
出版发行	浙江工商大学出版社
	(杭州市教工路198号 邮政编码310012)
	(E-mail:zjgsupress@163.com)
	(网址:http://www.zjgsupress.com)
	电话:0571-88904980,88831806(传真)
排 版	杭州朝曦图文设计有限公司
印 刷	杭州高腾印务有限公司
开 本	880mm×1230mm 1/32
印 张	69
字 数	1056千
版 印 次	2022年1月第1版 2022年1月第1次印刷
书 号	ISBN 978-7-5178-4799-1
定 价	448.80元(全九册)

个人简介

　　梁熙得,2012年6月28日生于杭州,目前就读于北京外国语大学附属杭州橄榄树学校。最大的爱好是阅读,每年保持4万分钟的阅读时间。从6岁开始,不断练笔,作品以童话故事、游记、散文为主,多次在全国比赛中获奖,文学作品32次刊登在报纸和杂志上。

梁熙得

6岁日本行

7岁澳大利亚行

7岁香港行

7岁北京行

7岁古筝表演

8岁杭州柳浪闻莺

9岁安吉行

8岁画作《相守》

8岁画作《春日燕舞》

8岁画作《相遇》

9岁画作《夏日田野》

8岁画作《美丽的祖国》

总　序
见字如你

斯巴福德在《小书痴》中写道，"有时候，一本书进入我们恰好准备好的心灵，就像一颗籽晶落入过饱和溶液中，忽然间，我们就变了。"而现在，在我们眼前展现的，是一群优秀的少年写作者的作品，稚嫩中有才华，笨拙中见灵性。

一本书，一本由孩子自己创作的书，给予我们更多的思考。文学创作本身具备的魅力正悄悄随着童年、少年、青年的自然生长期而萌芽、生长、繁衍。这种全新的生活体验，正与他们文字成长的速度同步记录和保存。我们感动于他们钟爱文学的热情，体察出他们因大量阅读文学作品而心灵丰盈、下笔生风，而由写作生发出的那种源自内心和诉诸稚嫩笔端的气息，更让我们为之动容和珍惜。真的，没有一个孩子的生活是一样的，哪怕写同一篇文章，也会有不一样的内容。《发现·世界》的作者周昊梵，在记录旅游时的见闻、和父母的亲子互动、校园难忘的经历以及对文学的思考中，就描绘了一个个美好而珍贵的周式童年缩影。但热爱文学，喜欢写作的孩子有一样是相同的，心怀美好，传递美好，想象美好，创造美好，生活和世界，均在此列。所以当一名中学生独自去到异国他乡，文学创作依然是她同行的挚友，徜徉于东西方文化碰撞下的生活环境，写下了记录留学生活的《一路行走一路歌》。"虽说世界庞大，却仍想在这纷扰喧嚣的人群中留下些许痕迹；即使文字稚嫩，也依旧想用真性情，执笔墨书写真我。"这是一直没有停下书写文字步伐的一然，作品第二次入选"浙江少年文学新星丛书"后，对文学最倾心的表白。

入选《浙江少年文学新星丛书·第八辑》的共15部作品，从内容来看，有纪实小说、国外留学生活记、个人生活旅行记、研学手记、语文单元习作的升级作品、小故事等。这些融合生活和学习故事的习作集，以校园故事、身边的人和事、父辈的追求、中国梦四大主题为主的年代感极强的作品、初具雏形的小说，让你看到一个同样的世界里不一样的心灵感悟。用文字记录生活，并没有写成流水账；

想象性作品在现实基础上的对于这个世界的感知与想象既大胆又具有创新性；记录童年生活里的点点滴滴，有情怀有故事有功底，叙述平淡里有曲折，引用典故而能深发意味；习作有向作品的美好过渡和提升，有模仿痕迹但也有不同的见解。文章亦庄亦谐，亦古亦白，语言精雕细琢也有童真童趣；抒情大胆而细腻，感情恰到好处，收放自如，转折与衔接处也有刻意与盈润的笔触。比如同样是因为文学征文比赛而钟情写作的南皓仁、吕可欣，作品有各自不同的特色：南皓仁的作品《不规则图形》包含了多种文体，题材丰富多彩、文字成熟老练、想象力丰富；吕可欣在写作《春曦》时是用她的童眼去观察这个世界，用童心去感受身边的人和事，用童言来抒写她的感受。这里面有童真，童趣，有温暖人心的文字，更有来自灵魂的拷问。他们介入世界与生活的脚步有点快，又看得出有认真充足的准备，字如其人，是真的。少年的你，多少年后，你自己来读一读，还是全新的一个自我。真好！

　　我常常在想，到底是怎样的初衷，能让十几岁的少年，安静地将成长的行程一字不差地记录和感喟。他们所写的生活，有春夏秋冬里细心观察的所感所悟，有现代时尚生活的体验,有在长辈回忆的生活里的感叹和想象中天马行空的生活,最神奇的是,一个小物件都能写出各种不同的故事。少年行的《童真年代》一帧帧都是孩子们纯洁的童真年代的真实写照,是一曲曲质朴无华的童年之歌。桐月六小童的《彩色的天穹》里有孩子们处在乡村与城市之间的最真实的心灵写照与思考。《时光里》"镌刻"着时光少年的烂漫友谊和温馨童年的美好印记。《行走的哲思》里湖畔四少为我们分享了研学中的所见所闻、所言所行、所思所想,既有深入的对历史的剖析,又有对自然的观察与探索,文笔恣意洒然,未来可期。两三点雨山前用文字记录了她们生命中最初的美好,也记录了她们生命中最初的思考。短短的篇幅,回味绵长,或许真的能品出《时光的味道》。读《素心之履》你能欣赏到江南水墨长卷般的书生意气,乌镇、南浔、西塘……搂着这样的小镇,感受日日夜夜的人文沉淀的浑厚,那不是一场旧梦,是俗世烟火气息下一个个真实的自我。七八个星天外,以文字采撷遥不可及的历史,呈现的却是眼前的幸福与美好。

写作有起点,有创作方向,有个人的审美追求和价值观。当你的创作代表了人类社会大众的普遍方向,当你虚构的世界引起了人们的关注，当你描述的真实在隐喻和暗藏中悄悄生长，当你的文字，代表了一种生命物质……你会发现，很多事物都不一样了。生在杭州，长于钱塘的梁熙得，以一部《鼹鼠先生的春日列车》，将脑海里的奇思妙想，让人眼前一亮的妙笔生花全部装载。"以梦为马，路在前方。以写为乐，自由畅想。海豹，它有一片海洋。"这是多么自信的童年宣言！诸葛子誉的纪实型小说《稚拙的日子》用真实的笔触，写下了生活的经历和对生活的简单观感，勾画了一个稚拙有趣的童年。徐诗琪在《冒傻气的小红鼠》中更是塑造出了一个个性强，爱出风头，同时也富有正义感和责任感的孩子形象。樊雨桐写的城市女孩则个性独特，惹出一些啼笑皆非的事情，由此有了一段不一样的童年，细细感受《不一样的童年》，你也许会找到你童年里的不同和相似。小作者们在创作道路上的探索和追求，着实引人感动。

　　宙斯为了在广阔的宇宙中创造人类，与普罗米修斯进行了艰难的旅程。他们寻找黏土的途径到现在还是众说纷纭：有人说，他们是从色雷斯草原一路东行到小亚细亚，最后在位于底格里斯河与幼发拉底河之间的丰饶之地找到黏土；也有人振振有词，表示他们是南渡尼罗河，穿越赤道，最终在东非得偿所愿。不管经过怎样的跋涉和攀登，最后宙斯决定让雅典娜轻吹一口气，赐予这些成型的泥人生命。在时代的洪流里，我们坚持做这套丛书八年，其间的过程百转千回，在网络科技发达的今天，希望我们的坚持加上你们赋予这项事业的灵气给予我们追寻文学持久生命力的源泉。

有的作家，他写的作品就如一辈子精心于一类特殊工艺的手艺人一样，作品中有一种固定的地理，一种永远不变的时段，一直让人感觉是在童年时期。而青少年儿童自己创作的作品，并没有定型，但你也能看到很多类型、方向、文本的雏形，他们在模仿、在创造，也在改变，更在颠覆。不难发现，在阅读，无论电子书还是纸质书阅读，越来越快地改变人们的同时，读同龄人的书，由自己写出一本书已然成为一种趋势，曾经的少年不再是那一群只知道玩滑板、打篮球的小孩，也不再是抱着芭比、沉浸于cosplay、穿着洛丽塔的少女，他们正在以成年人的视角和语感诉说和表达对这个世界的看法和诉求。就像赵蕴桦在《灼灼其华》中所说："我的作家梦，是从阅读开始的，阅读更广泛，更深入，写作热情就持续高涨。我期盼每个周末和暑假的来临，那样我可以走更远的路，赏更美的风景，考察更深厚的人文底蕴。我的作品是我小学毕业的纪念，未来，我期待着成为真正的作家！"如果你想了解少年们在想什么，最好的办法也许就是看看他们写下了怎样的世界，和对世界万物的看法。那些无法言说的都借助文字来喷薄，借由这个口子，架构了我们与他们之间的桥梁，希望，真诚的心灵交流与沟通，从此变得容易。

世界本来就很美，我们想方设法带给这些御风的少年一个美好的世界，而在他们眼中，美好的世界可以由自己界定，由写作与这个世界建立最好的联系，由此在成长的道路上哺育出更美丽的生命之花，何其有幸！见字如你！

向所有看到这些文字的大人和孩子，致敬你们曾经以文字和写作创造的美好快乐的童年及世界！

海飞

2021 年 12 月

序　我的女儿

　　女儿还未出生时,我和她爸爸就在想她的名字了。她爸爸提议英文名就叫"Seed",让孩子像小种子一样顽强地生长。英文名字一致通过,中文名字却又让我们犯了愁。聪明的爸爸又灵机一动,"Seed"中文就是"熙得",男女通用,于是,中文名字也愉快地完成了。当然,后来"熙得"成了一个女娃的名字。

　　我的女儿是一个超级书虫。因为我和她爸爸爱阅读的关系,打从她出生起,我们就帮她准备了各种书籍。客厅、卧室、书房,女儿手脚碰得到的地方都摆满了书。白天,照顾她的姥姥读书给她听。晚上,下班后的我和她爸爸读书给她听。每次读书她都全神贯注,从来不吵闹,小手还时不时去翻书,遇到有意思的地方也会让我们反复读。虽然从未教过女儿识字,她却因为每天大量的阅读量自学了很多字,3岁开始,女儿就完全独立阅读了。6岁以前,她的每日阅读时间都保持在4小时以上。即使上了小学,她仍然可以保持每年4万分钟以上的阅读时间,年阅读书量保持在1000本以上。女儿的阅读范围很广,文学、地理、历史、科学、艺术、哲学、心理学、数学、逻辑学等等都看得津津有味。爸爸曾经为了学习摄影买了3本摄影书,结果还没等爸爸看过,女儿已经自学完成。女儿说9年来自己也是一个读书破万卷的人了,看着女儿几个房间的藏书量,实至名归。

读书是输入,写作就是输出了。女儿从一年级开始就不断练笔,诗歌、童话故事、旅行经历、生活片段,虽然文笔很稚嫩,却也开始对自己、对生活有了观察和表达。随着练习的增多,文字间增加了许多对人生、对世界的看法和观点,有了更多的哲思。

女儿是生性乐观的娃,每天都是笑容满满,即使遇到不开心的事情,5分钟就会把这些烦恼抛到九霄云外。她多才多艺,美术、古筝、跆拳道都有不错的成绩。和她在一起,就像一束光射进了心里,即使有再多的压力和不快,也马上拨云见日,正能量满满。

9岁,还只是生命的开始。世界很大,人生旅途很长,只要保持对知识和未来的渴望与憧憬,发挥所长,一步一步朝着自己的理想勇敢前进,这个世界终究属于奋斗的女儿这一代。

愿我的女儿永远乐观、自信、有爱。我们一起牵着手,同行。

妈妈

2021 年 8 月

目　录

第二辑

第三辑

第四辑

第五辑

第一辑

北京游记

——天坛篇

　　自从读了《故宫》《带着姥姥去遛弯》的绘本，我就一直盼望着去北京。今天，我终于要实现这个小小的愿望了。于是，我早上五点钟就起床了，比大公鸡还要早，早饭也没顾得上吃，就和爸爸妈妈出发去火车站了。我去的是杭州火车东站，检票进站后，我发现东站停了好多列车。有些列车身上带着两条金色花纹，它们是复兴号；有些列车身上带着一条蓝色的线，它们是和谐号。我们坐上复兴号，前往北京，开启我的暑假旅程。

我和爸爸坐在靠近窗口的两个座位,一路上的风景美如画,我看到了大片闪烁着蓝光的荷塘、绿油油的稻田、金灿灿的麦田,还有色彩斑斓的瓜果蔬菜。我向爸爸建议一起玩讲风景游戏,但爸爸却要求我用英语来讲,由于我英语词汇量有限,而爸爸英语水平更好些,第一局爸爸赢了。第二局我们用中文比赛,这次是我说得多,哈哈,打成平手。

经过四个半小时的高速行驶,我们到达了北京火车南站。我们坐出租车到了提前预订的亚朵酒店,放好行李,就去吃午饭了。午饭我们选在胡同里的一个中餐厅,餐厅是由四合院改造而成的,我们坐在左边的房间,妈妈给我点了鸡汤和米饭,我自制了鸡汤拌饭,真是美味。

填饱肚子,我们就出发去天坛公园了。天坛公园是世界上最大的祭祀性建筑群,明清时期,皇帝每年都会来天坛祭天和祈谷。今天北京的天气格外晴朗,万里无云,湛蓝的天空把天坛入口的红墙碧瓦衬托得非常美丽,爸爸帮我在天坛入口拍照留念。进入天坛,我们最先来到祈年殿。每年初春的时候，皇帝都会来这里祈祷百姓的粮食能大丰收。虽然我不是皇帝，但也在祈年殿里祈祷了，祈祷每年生日我都可以吃到草莓蛋糕。

出了祈年殿，我们沿着丹陛桥继续行进。丹陛桥宽三十米，被分为三条道。最中间的为神路，只有神仙和拿着神仙牌位的宦官才能走此道。神路左边为御路，是皇帝走的道。神路右边为王路，是大臣们走的路。我不是神仙，却大着胆子走了一次神路，但走起来没有觉得三条路有什么不同。

由于体力透支，我并没有走到圜丘坛，而是从天坛南门出了天坛，结束了今天的旅程。虽然没有全部游览完，有点遗憾，但可以把剩下的留给下次北京之旅。身在北京，我更能深刻地感受到祖国历史的厚重和源远流长，我要努力学习，为传承祖国优秀文化尽自己的一份力。

北京游记

——故宫篇

    故宫是每个到北京旅游的人一定不能错过的地方。爸爸告诉我，每天参观故宫的人很多，但只限量发售一万张门票，于是，我早早起床，心里想着绝对不能错过这趟游览。

    还未进入故宫，我们首先看了护城河。护城河围绕在故宫四周，我沿着护城河漫步，看着平静的湖水，心里也很愉快。我边走边拍，用相机记录了很多美好的瞬间。

    故宫建造在北京的中轴线上，这条线在古时候被认为是"龙脉"所在。除了故宫，鸟巢、天安门前的国旗都在中轴线上。午门是故宫中轴线上南端的门，是古代皇帝下诏书的地方，它当中的正门平时只有皇帝才可以出入。除了皇帝以外，皇帝大婚时皇后可以从午门正门进一次，殿试的状元、榜眼、探花可以从此门走出一次。大臣从午门东侧门进出，王室从西侧门进出。我是从东侧门进入故宫的。故宫很大，传说故宫的房间有九千九百九十九间半，只比玉皇大帝天宫中的一万间少了半间，后来经过统计，故宫现有房间八千七百零四间。沿着中轴线前行，走过内金水桥，就来到了故宫外殿的第一殿——太和殿。太和殿是皇帝和大臣上朝的地方，它有高高的红墙，殿顶装饰着琉璃瓦片。最值得观赏的是屋顶角上的十个走兽，据说都是独一无二的。太和殿内安放着龙椅，龙椅上方悬挂着"建极绥猷"四字牌匾。站在殿外，我感觉龙椅可真大呀，如果我是皇帝，我也好想坐一坐。想想当时的大臣也真的不容易，故宫这么大，上朝也要走很远的路呢！

　　沿着中轴线继续向北，我就来到了中和殿，这是皇帝上朝前休息的地方,后面就是保和殿,皇帝更衣的地方。

游览完外殿,继续向北,我们就来到了内殿。首先映入眼帘的是养心殿,这是皇帝平时批阅奏章、听取大臣汇报、看书、睡觉的地方。皇帝为了安全,在养心殿放置了不止一张床,这样人们就不知道皇帝晚上到底在哪张床上休息了。我还发现故宫的几个大殿外都没有树,我想大概是因为没有树,皇帝的侍卫比较容易发现异常,刺客也没有地方可以藏身吧。

穿过养心殿,我们还参观了慈宁宫、储秀宫、翊坤宫,这些都是皇后、贵妃们居住的地方。其实古代人居住的地方很小。后宫房间里到处可见景泰蓝花瓶,慈禧的房间就放置了两个巨大的景泰蓝花瓶,非常精美,寓意为平平安安。

故宫的最后一站是御花园。这是皇室专属花园。花园里植物繁多,亭台楼阁各具特色。当然,最吸引我的还是这里的纪念品商店。我在这里买了很多小纪念品带给好朋友。

游览完故宫,我发现故宫里面藏了好多我还不了解的历史故事,我要好好读书,把历史了解得更透彻更深入,向更多人讲述我们的历史。

009

北京游记

——长城篇

很久以前,妈妈给我买了一本《中国儿童地理百科全书》。在书中,我第一次看到了万里长城,就在那时,我有了去看看长城的想法。今天是我来北京的第三天,我要去游览慕田峪长城,实现我的愿望。

慕田峪长城是中国最长的长城,也是北京十六景之一。我怀着喜悦的心情到达了慕田峪长城景区入口,我们要乘坐摆渡车才能到山脚开始爬山。坐摆渡车的人非常多,大家都是很有秩序地排队等待,而不是吵吵闹闹、杂乱无章。我在队伍中发现了很多外国人，他们来自不同的国家，有着不同的肤色，说着不同的语言。看来，我们的万里长城吸引了全世界的人慕名而来。

到达山脚后，我开始爬长城了。登上长城需要爬1300级台阶，爬了一会，我觉得有点累了，于是我和爸爸一边爬一边玩起了数沿途火车虫的游戏，这样可以分散我的注意力，让我忘记疲惫。今天晴空万里，没有一丝云彩，天气十分炎热，每个爬山的人都汗流浃背，体力透支，我也不例外。我在山边的一个角落发现了一个卖冰棍儿的商店，妈妈给我买了一根，我吃到它的第一口就立刻觉得精神抖擞，整个人又活过来了。于是，我一鼓作气，经过一个小时的攀爬，终于登上了万里长城。

登上长城首先映入眼帘的是高高的城墙，这些砖块已经有600多年的历史，经过几百年风雨冲刷和洗礼，它们依然坚固。我沿着城墙走到了城楼，站在城楼上向远方眺望，长城就像一条巨龙卧在崇山峻岭之中，被绿色的树木环绕，它弯弯曲曲、高低起伏、延绵不绝，真是雄伟壮丽、美不胜收。漫步在长城上，我觉得建造长城的人很聪明，因为这个地方很险峻，易守难攻，敌人很难冲进关内。

欣赏完美景，我们乘坐缆车下山了。到了纪念品商店，买了一个精美的小茶壶和一幅十字绣，这次长城之旅就圆满结束了。俗话说：不到长城非好汉。那么，现在，我已经是好汉了。

新嫦娥奔月

很久很久以前,有一位美丽的姑娘,她叫嫦娥。嫦娥因为误食仙丹升天了。

嫦娥来到了月亮上,刚走到月宫的门口,一只小兔子就从月宫里跳了出来,它就是月宫里大名鼎鼎的玉兔。

玉兔看着嫦娥问道:"你好,我是玉兔,你叫什么名字?"

嫦娥说:"你好,我是嫦娥。"

玉兔又问:"你为什么来到月亮上呀?"

嫦娥说:"王母娘娘给了后羿一颗仙丹。一天晚上,我很好奇,想看看这颗仙丹是什么样的,也想尝尝它是什么味道,结果遇到了逢蒙。为了不让逢蒙把仙丹偷走,我就把它吃了下去。结果就飘到了月亮上,遇到了你。"

玉兔说:"既然你来到了这里,我就带你参观一下月宫吧。"

嫦娥欣然答应。

玉兔带着嫦娥在月宫里行走,突然,玉兔说:"停,这里就是我的捣药房。"

嫦娥说:"你捣药的地方看起来跟传说中的不一样呀!"

玉兔说:"凡间的科技进步了,月宫当然也要进步了。"

嫦娥说:"那你的捣药房里有什么高科技呢?"

玉兔说:"你看,这是我自己发明的捣药器,我利用太阳反射到月亮上的光作为它运转的能量,这样,捣药器就可以自动捣药了,再也不用我手动捣药了呢。"

嫦娥夸赞道:"你真厉害呀!"

之后,玉兔又带着嫦娥去见了吴刚,他依然在砍月桂树。

嫦娥说:"玉兔,谢谢你带我参观了月宫,这是我从凡间带来的食物,送给你。"

玉兔说:"谢谢你! 从今天开始你就住在月宫里吧,和我住在一起。"说完,玉兔高兴地扑到嫦娥的怀里。

就这样,嫦娥和玉兔每天一起散步、吃饭、聊天,久而久之,她们成了好朋友。现在,如果有谁想把她们俩分开,估计她们无论如何也不会同意了吧。

读《爱丽丝漫游奇境》有感

  读了《爱丽丝漫游奇境》，我觉得爱丽丝是一个好奇心很强的女孩子。在河岸上时，她无所事事，但是当她一看到那只会说话的白兔，就马上跟着它跳了下去。我觉得如果爱丽丝和我们一样在教室里上课，当她看到教室外面飞着漂亮的蝴蝶时，一定会从教室里跑出去。

  爱丽丝也非常聪明，她看到一个系着"喝我"标签的小瓶子，但聪明的小爱丽丝没有贸然行事。"不，我要先看看。"她说，"看看上面有没有标明有毒。"

  爱丽丝有时有点冒冒失失，当她跟着兔子跳进大兔子洞的时候，可是完全没有想过会发生什么事情，还有往后要怎么出来。

我觉得爱丽丝不太喜欢读书，当她看到姐姐在看一本没有图没有对话的书时，她觉得这样的书有什么用呢？可我不像爱丽丝这样想。我觉得姐姐的书应该非常好看。如果姐姐的书不好看我也会看下去，因为有一次我看《西游记》，先看了几页觉得不好看，可是继续看下去就觉得非常有意思了。

爱丽丝经历着两个奇怪的世界，如果你到了和爱丽丝一样的世界，你会怎么样呢？我想我不会像她那样冒冒失失，我会做好防护工作。

但我还是喜欢这个可爱的爱丽丝，也喜欢《爱丽丝漫游奇境》。

读《爱丽丝漫游奇境》有感

哈密瓜历险记

从前有一个哈密瓜，他非常淘气，想离开家去闯闯外面的世界。哈密瓜推开了家门，妈妈问："哈密瓜，你怎么走了，要去哪里？快回来。"可哈密瓜不听，继续往外走。妈妈说："你要记得回来呀。"哈密瓜说："放心吧，我很快就会回家。"说完他就关上了大门。

哈密瓜走在路上，感觉很无聊，不知道要去哪里。走着走着，他看见了一个小朋友。哈密瓜浑身发抖，连忙说："你在干吗？千万别吃我。"小朋友说："我叫小红，我不会吃你的，跟我回家吧。"于是，小红把哈密瓜带回了家。

小红是个女孩子,头发特别长,她想去剪头发,她问妈妈能不能把剪下来的头发带回家。妈妈问她为什么,她就把刚才发生的事情说了一遍,说她想把剪下来的头发带回家给哈密瓜做被子。于是妈妈提议在家里剪头发。小红很快剪了头发,给哈密瓜做了被子,哈密瓜非常高兴。吃晚饭的时候,小红问妈妈:"我们是把哈密瓜留下来,还是让他继续闯世界?"妈妈说:"我们把他留下来吧,要不然他在外面流浪怎么办?"哈密瓜非常感谢小红和妈妈,连声说:"谢谢你们。"

哈密瓜甜甜地睡着了,他做了一个非常特别的梦。他梦见有个哈密瓜不听妈妈话要离家闯荡,妈妈喊他几遍他就是不听,说自己很快就会回来。随后他遇到了一个叫小红的小女孩,小女孩把他带回家,用剪下来的头发给他做了一床棉被。梦里的哈密瓜又做了一个梦,梦见有个哈密瓜不听妈妈的话要离家闯荡……就这样,无数个哈密瓜做了无数个关于哈密瓜的梦,等他一觉醒来的时候已经是中午12点了。原来,他从一个一个梦里醒来太遥远,需要太长时间了。

小红看见哈密瓜起床了，就对他说："我们都吃完中午饭你才起床，你们哈密瓜的起床时间都是这么晚吗？"哈密瓜说："哦，对不起，我做了一个梦，那个梦又做了另一个梦，另一个梦又做了一个梦，做了无数个梦，要清醒过来需要好长时间，所以起床晚了。"哈密瓜吃了饭，换好衣服，对小红说："我要回家了，要不然我妈妈会着急。谢谢你和你妈妈对我的照顾。我非常开心。"

哈密瓜回到了家，妈妈说："你怎么去了这么久，走了两天，今天要上学的，你还记得吗？"哈密瓜不好意思地说："对不起，我忘记了，明天一定去上学。"淘气的哈密瓜愉快地结束了这次历险。

钱塘江的变化

"黄梅时节家家雨，青草池塘处处蛙。"这是宋代诗人赵师秀眼中的江南梅雨时节，也是杭州梅雨时节的真实写照。

杭州正式入梅以后，连续数日降雨，雨水不断降落到钱塘江，钱塘江的水位上涨、上涨、再上涨。钱塘江的水没过了岸边的石滩，没过了保护堤坝的丁字坝，没过了丁字坝上面的阶梯，连支撑复兴大桥的桥墩也快不见了踪影。船只在钱塘江上来来往往，多么热闹。

杭州出梅以后，接连几天都是大晴天，气温越爬越高，升到35℃以上。我们热得只能待在空调房里,而钱塘江的水不断蒸发,水位一天一天下降、下降、再下降。以前消失不见的丁字坝和石滩也奇迹般地再现了。而来往的船只却消失了,因为害怕水位太浅发生搁浅。

钱塘江每时每刻都在发生变化,真不知道明天的它又会变成什么样子。

我的爸爸

　　我的爸爸是河北人，他非常帅气，尤其是眼睛。虽然他戴着眼镜，看起来眼睛有点小，但是无法阻挡他眼睛里散发出来的智慧光芒，听说年轻时好几个女孩子都被他迷住了（当然不包括我妈）。

　　我爸爸不仅帅气，还有很多优点。他主要有三个优点，第一个优点是会讲笑话。爸爸经常把我的故事编成笑话，每次都让我们捧腹大笑。第二个优点是很爱运动。他喜欢跑步、游泳、打羽毛球，还特别热衷于带我一起爬山。有一次我们去淳安旅游，在居住的酒店认识了一条叫小白的小黑狗。一天，小白在津津有味地吃着骨头，爸爸提议带着我和它去爬酒店后面的山。这座山树木丛生，路很陡峭，没有台阶。我爬得很慢，爸爸和小白却健步如飞。当时我心里想：他们爬得可真快呀，如果我能像他们一样就好了。爸爸带着我和小白爬了很久，没有停歇，我们登上了山顶，看到了美丽的夕阳。爱运动的爸爸就这样一直感染着我，让我也变得更爱运动，同时也让我看到了更美的风景。爸爸的第三个优点是拍照技术非常棒，每次出去玩总是拿着相机给我拍照，并能拍出很美的照片，遗憾的是我不怎么喜欢当他的模特。

爸爸也不能都是优点没有缺点吧！我爸爸不怎么爱干净，还不太懂得时尚，每次搭配的衣服都有一点惨不忍睹。

其实，爸爸是我最好的老师。爸爸教我英语，教我骑自行车，教我遇到困难要勇敢面对，教我好好学习成为一名优秀的少先队员。

我爱爸爸，我会和爸爸一起加油哦！

我的白金记忆

　　我非常想念幼儿园。我永远不会忘记我第一天上幼儿园，哭哭啼啼，吵吵闹闹；我永远不会忘记我在幼儿园，林老师和龙老师给我们讲知识、讲道理；我永远不会忘记我们在中厅跑来跑去玩游戏；我永远不会忘记我每天抱着我的兔子来到幼儿园。这些事情已经在我的脑子里越刻越深。

　　现在，我已经成为一名光荣的少先队员，也在103班45位小朋友中是语文课代表。我每天抱作业、收作业、发作业、改作业，但我绝对不说一声："我不干了。"因为我知道这是我应该做的事。我还是我们班级的开心果,我们班主任李老师发火的时候,只要我轻轻地说:"我今天给你背古诗……"班里的气氛就会轻松起来。

现在,我已经有了自己的玩伴和朋友。虽然我已经是一名小学生,可是我还记得我的幼儿园老师。我爱你们,谢谢你们培养我,使我后来成为一名光荣的少先队员。我永远记得你们,我永远不会忘记你们。

我 的 妈 妈

　　我们每个人都有妈妈,她们很爱我们。每个妈妈都有自己的特点,现在,我来介绍一下我的妈妈。

　　我的妈妈是个"购物狂"。她负责家里的采购工作,上次"双十一"的时候,妈妈的订单竟然达到了19个,"购物狂"是不是名副其实?其实,她平时买得最疯狂的就是书。妈妈每次买的书都是我想要的,比如几米的书、《哈利·波特》《大侦探福尔摩斯》、宫崎骏漫画书等,只要我想要就没有妈妈买不到的。有时我要的书国内买不到,妈妈还会去国外淘。在妈妈的努力下,我已经有了几千本藏书,每次同学来我家玩都说我家就是一个图书馆。妈妈不光给我买书,还给我们班级买了很多书,帮我们班建了一个图书角,同学们都很喜欢。

我的妈妈是非常有智慧的人。她硕士毕业,非常喜欢阅读,还受邀给我们班上了一堂"读书的力量"的课,深受老师和同学的喜爱。妈妈很注重对我阅读习惯的培养和引导,在她的影响下,阅读成了我最大的爱好,3岁时我就可以独立阅读了,现在我还能保持一年至少4万分钟的阅读时间。

我的妈妈是一个很关心我的人。妈妈每天早上上班前都要送我上学,晚上回到家,有时她连饭都不吃就帮我批改作业。每次我上芭蕾课,妈妈总是在门外注视着我,以表达对我的支持。每当我遇到困难的时候,妈妈总会想办法和我一起解决,而不是冷眼旁观。

妈妈经常会给我惊喜。今年生日那天,她帮我准备12个盲盒作为生日礼物,全部都是我想要的,我非常开心。

我要谢谢妈妈,谢谢她把我培养成为一名优秀的少先队员。我爱妈妈,将来我要用最好的礼物报答妈妈。

　　妈妈,我爱你!

我的美丽家乡杭州

　　我的家乡是美丽的杭州，我出生在这里，也成长在这里。现在我要向大家讲述我眼里的杭州。

　　杭州有很多美丽的景色，让人流连忘返，比如灵隐寺、西湖、湘湖、西溪湿地等。我最喜欢的是西湖十景中的曲院风荷。杭州的荷花在六月中盛开，进入曲院风荷公园，满眼都是荷花和荷叶，让我想起了宋代诗人杨万里所写的"接天莲叶无穷碧，映日荷花别样红"。娇艳的荷花在碧绿荷叶的衬托下显得更加光彩夺目，小蜻蜓在空中翩翩起舞，跳累了就停在荷叶上休息；小鱼和小虾在湖水里嬉戏，下雨了就躲在荷叶下避雨；来玩的游客也抗拒不了这里的美景，纷纷拿起相机拍照留念。

杭州不仅有美景，还有美味的食物，最有名的就是龙井茶了。每到清明前后，茶农们就会到龙井村山上的茶园去采茶。采好后，茶农们会把茶叶分类，把新鲜的叶片放在一起，把不好的叶片挑出去。然后就要开始炒茶了，经过半个小时的炒制后，茶农还要把炒好的茶叶放在一个通风的地方退火七天，之后人们就可以喝到清新甘甜的龙井茶了。龙井茶还可以做成菜呢！把龙井和虾仁炒在一起，再加点青豆，一道龙井虾仁就做好了。这道菜很香甜也很鲜美，让人百吃不厌。

杭州还有一群讲文明的好市民。杭州人很助人为乐，遇到有人问路，都会热情指路。遇到老人过马路，也会主动搀扶。杭州人很环保，从小学开始，我们就会学习垃圾分类的知识。在杭州，你会看到很多路上行驶的汽车挂着绿色车牌，那些车都是新能源汽车，不用汽油，减少了二氧化碳的排放。为了让人们懂得更多的环保知识，杭州还建立了低碳博物馆,向全世界人民免费开放。

这就是我眼里的杭州,景美、味美、人更美。杭州有太多太多值得推荐的人和物,可是我无法一一介绍给大家,剩下的就等着你们自己来发现吧。

我是少先队员了

　　六一国际儿童节，我们一年级同学就要成为光荣的少先队员了。学校为我们加入少先队做了很多准备，班主任老师给我们发了《红领巾飘起来吧》入队手册，翻开的第一页就是入队申请书，我认真地写下了自己的名字。入队手册里面写着要为人民做好事。做什么好事呢？我帮姥姥洗茄子。我是在洗手的时候，看见旁边有茄子还没洗，我赶紧把茄子给洗了，而且洗得很干净，妈妈也夸我这件好事很接地气呢。学校高年级的哥哥姐姐们给我们上了入队第一课，告诉我们要做到"六知"和"六会"，还教我们如何行队礼、呼队号。

5月31日,我们一年级学生排队来到风雨操场,举行少先队入队仪式。少先队大队辅导员宣布入队仪式开始,随后宣读了入队新生名单。我们一年级每个同学都入队了,大家都非常激动。每位入队新生由一位六年级老队员和自己的家长带领,手拉手一起走上舞台。舞台很大,很多同学和家长在台下观看,当时我非常紧张,幸好身边有妈妈和六年级老队员陪着。六年级老队员给家长佩戴红领巾,家长给自己的孩子戴红领巾,我们一起在舞台上行少先队队礼、呼队号,就这样,正式地加入了少先队。汤校长上台为每个班授大队旗,还嘱托一年级新生要好好表现,为"闻涛"添光彩。

作为一名光荣的少先队员,我一定好好学习,遵守纪律,为自己努力,也为学校和少先队增光。

第二辑

奔跑吧，马拉松！

一年一度的杭州马拉松比赛日到了。杭马的比赛路线刚好经过我住的小区门口，于是，我早早起床，去给参加比赛的运动员加油助威。

早上刚刚下过淅淅沥沥的小雨，温度不冷不热，微风拂面，舒服极了。这样的天气有助于运动员创造好成绩。我来到小区门口，发现比赛经过的道路已经被隔离护栏封闭，路两旁有警察和志愿者维持秩序，也有很多居民聚集在一起等待着一睹运动员们的风采。

忽然间，听到不远处的人群有此起彼伏的加油声，我心想："一定是运动员们要跑过来了。"我睁大眼睛，努力地寻找他们。看到了，我先看到了一个黑点；慢慢地，清晰的身影出现了；紧接着，一个个运动员向我所在的方向跑来。我一边挥舞着国旗一边高声为运动员呐喊："加油！加油！"每个运动员的额头都布满了汗水，衣服湿透了，鞋子也沾上了水。他们仍然健步如飞，我完全看不出他们的疲惫。两旁的志愿者一边为运动员发放水和香蕉，一边维持秩序，给运动员创造良好的比赛环境。

有些场面很有意思，比如有些运动员戴着兔子或者米老鼠的头饰，有些运动员手里拿着气球和旗子，还有一名老爷爷甚至光着脚跑马拉松。

马拉松全程约42千米，非常消耗体力。要跑完全程，不仅要经过长时间练习，还需要很强的毅力。我要向他们学习，做任何一件事情都要坚持不懈、持之以恒，成为一个不断向前奔跑的人。

奔跑吧，马拉松！我们明年再见！

城隍阁望秋

秋天来啦！秋天来啦！

秋姑娘一路唱着歌，踏着轻快的步伐走来了。十一假期，我和爸爸妈妈一起登上了吴山城隍阁。我们极目远眺，把杭州多彩的秋色尽收眼底。

杭州是红色的。远处漫山遍野的枫叶慢慢地变成了红色，随风荡漾，就像一片红色的海洋。在郊外的农场，树妈妈怀里的果实宝宝们长大了，像一个个红彤彤的灯笼挂在树枝上，压弯了树妈妈的手臂。摘一颗吃下去，味道甜甜的，让人回味无穷。

杭州是黄色的。秋风中,钱塘江边的树叶换上了黄色的衣服,穿上了黄色的袜子。树叶们想念泥土爸爸,纷纷落下,进入爸爸的怀抱,变成了树妈妈的养料。杭州市的市花——桂花,也争先恐后地绽放了。每当我走在上学的路上,总能闻到一阵阵的桂花香,沁人心脾,让我陶醉在花香里。

杭州是绿色的。杭州的秋天,仍然有不少的绿色植物在茂盛地生长。比如松树、柏树、万年青和大熊猫最爱的竹子,它们在秋天依旧绿意盎然、生机勃勃。"湖光秋月两相和,潭面无风镜未磨。遥望洞庭山水翠,白银盘里一青螺。"这首诗虽然描写的是秋天的洞庭湖美景,但是用于秋日的西湖也是非常贴切的。在晴朗的秋日,西湖的水被两岸的树木倒映成了绿色,碧波荡漾,美不胜收。

杭州的秋天还有很多颜色:橙的、紫的、蓝的、青的,就像一条彩虹,横贯了城隍阁下的大街小巷。我爱杭州,更爱杭州的秋天! 亲爱的小伙伴们,和我一起去探索和发现杭州的秋季美景吧!

古道秋色

秋天悄悄地走来了,我和爸爸妈妈利用难得的假期,跟随秋的脚步,去探寻秋意中的径山古道。径山是天目山脉的一个主峰,因有两条小径通往山顶,因此得名"径山"。我们徒步的古道正是其中的一条,全长3千米,海拔330米。

走进古道,你会发现沿途都是用石子铺成的台阶。山路险峻陡峭,弯弯曲曲,就像一条蜿蜒的蛇盘踞在山间。古道两侧生长了很多竹子,这些竹子又高又直,有些已经长到碗口一样粗细了。竹叶非常茂盛,层层叠叠,太阳照在上面,闪烁着深绿色的光芒。竹叶随着秋风起舞,摇曳生姿，让我停下脚步，驻足欣赏。除了竹子以外，古道两旁还盛开着各种各样的花朵，有小雏菊、牵牛花，还有很多我叫不出名字的。她们色彩艳丽、五彩缤纷，有蓝色的、紫色的、黄色的、粉色的、白色的，像一颗一颗璀璨的星星散落在人间。这些花朵散发着淡淡的香气，沁人心脾。我和爸爸都是摄影爱好者，纷纷拿出自己的相机拍照留念。徒步行走的人不多，古道上很安静，小鸟们在竹林间欢快地唱歌，就像一首森林交响曲，婉转悠扬，让我一饱耳福。

伴着凉爽的秋风，欣赏着沿途的美景，我们一路走走停停，爬到半山腰时，我觉得有些累了，爸爸妈妈看出了我的疲惫，对我说："继续坚持。"于是，我怀着必须登顶的决心，在心里不断给自己加油打气，经过两个半小时的努力，终于徒步走完古道，登上了径山山顶。

在山顶，扶着栏杆，凭栏远眺，可以俯瞰到大半个天目山山脉，山上的那一抹红、一抹黄、一抹绿，相互交错着，让秋天美不胜收。我想，今天的美好旅程一定会走进我的梦境，住进我的心间。

假 如

假如我有一支马良的画笔，我要画出一座城堡，让我的朋友们都来城堡里做客。

假如我有一根魔法棒，我要让天空每天都万里无云，让所有人心里洒满阳光。

假如我有一匹独角兽，我要让独角兽变出很多很多的果树，让大地上果香四溢。

假如我有一台时光穿梭机，我要穿梭到古代，去看看中国历史上唯一的女皇帝——武则天。

假如我有一朵神奇的云彩，我要坐着这朵云彩飞到天

空,去看看天上有没有另一个世界,去看看外星球上有没

有外星人存在。

姥姥的爱

　　从我一出生，姥姥就和我在一起。妈妈说生我的时候，是姥姥把我从产房里抱出来的。

　　姥姥每天都在身边陪伴着我。上幼儿园的时候，姥姥为了安抚不爱入园的我，每天背着我去上学。上小学了，姥姥仍然每天接送我上下学，即使遇到雨天或雪天，我们也一起走路回家，在路上聊着学校里发生的各种趣事。我长大了，懂事了，于是慢慢地体会到姥姥对我的爱。

　　我喜欢吃饺子，姥姥为了让我随时可以吃到，每周都会亲自为我包一次饺子。饺子吃起来容易，可是包起来却很辛苦。姥姥先要洗菜、剁肉、拌好饺子馅,接着和面擀皮。她擀皮的速度很快,双手在面板上快速移动,看得我眼花缭乱。她在擀好的面皮上放上满满的馅,然后熟练地把饺子边捏好。煮饺子时,姥姥迎着扑面而来的蒸汽,麻利地把饺子送下锅。每次姥姥把饺子端上桌的时候,都是满头大汗。有几次,我兴冲冲地和她一起包饺子,才发现包饺子其实很不容易。我爱吃姥姥包的饺子,不仅因为饺子味道鲜美,更是因为姥姥把满满的爱都包进了饺子里。

姥姥不仅在生活上给我无微不至的照顾,还是我的好玩伴。我们经常在一起玩乐高、拼拼图、走迷宫,她说陪着我都让她变年轻了。的确,年近70岁的姥姥看起来非常优雅美丽,让妈妈都很是羡慕。而我觉得,是姥姥的爱让我有了依靠,不会孤单。

姥姥陪我度过了7年快乐时光,让我在爱里长大,我也要好好爱她。姥姥累的时候我帮她捶背,姥姥不开心的时候我帮她一起分担。姥姥和我还是会每天在一起,她陪着我慢慢长大,我陪她慢慢变年轻。

喂鸽记

每年春节，我和爸爸妈妈都会回老家——石家庄，但今年不同，我们去了澳大利亚。

在澳大利亚，我们的第一站是墨尔本，而在墨尔本的第一站是维多利亚图书馆广场。我们早早起床，吃过早饭就来到维多利亚图书馆广场。广场上的人很多，有本地人，也有很多外国游客；有成人，但更多的是小朋友。当然，主角还是广场上的鸽子。我看见有几个小女孩在喂鸽子，于是我对妈妈说："妈妈，我们去买点食物，我也要去喂鸽子。"妈妈说："我去旁边的商店看看，你就待在这里，千万别乱走。"

没过一会儿,妈妈回来了,她手里拿着一袋曲奇饼干,笑着对我说:"用这个来喂吧。"于是,我拿着饼干,把它弄碎,变成饼干屑,然后抓起一把,甩起胳膊撒到离我远一点的地方。那些鸽子闻到了饼干的香味,马上跑过来用尖尖的嘴巴啄食。我又往前走了几步,这次我把饼干屑撒在离我近一点的地方,鸽子一下子变多了,都朝我撒下食物的地方飞来。我想一定是鸽子们把有好吃食物的消息传播了出去,把远方的小伙伴也引来了。爸爸看到鸽子越聚越多,提醒我要小心,千万不要被鸽子啄到手。我马上又换了一个地方,这次我坐到广场的长椅上,没想到所有的鸽子又被吸引了过来,都跑到长椅下面寻找美味。有几只胆大的鸽子就停在长椅上觅食,还有一只比较顽皮,飞到了妈妈的腿上。爸爸对我说:"你变成鸽子王了。"

爸爸妈妈考虑到安全问题,让我赶快把曲奇饼干收起来,因为鸽子已经把我团团包围。鸽子在我身边走来走去,飞来飞去,我怕它们啄我,最后只能向妈妈求救,让她把我从长椅上抱下来,真是又好玩又刺激。

喂完鸽子,我又当起了摄影师,给这些小家伙拍摄了很多张照片。以后我就可以看着这些照片,和我的朋友们分享这次有趣的经历了。

我的妈妈

我的妈妈丹凤眼,弯弯的眉毛,个子高高的,身材匀称。她戴着金色的眼镜,斯斯文文,看起来就像一位老师。我们小区的保安叔叔都说我妈妈就像他小时候的数学老师。

妈妈很温柔。记得我小时候,妈妈每天下班回来就在我耳边轻轻地读书,教我识字,很有耐心。每次我的朋友来我家玩,妈妈都会准备丰富的食物,热情招待却从不打扰我们,她们都很羡慕我有一个温柔的妈妈。

妈妈有时脾气也会暴躁。在我弹古筝的时候,如果不用心弹错了,她就会很生气,说:"西西老师说过了,这个地方应该这样弹,不许再错了！再错别学了！"虽然她会"火山爆发",但我知道妈妈其实很爱我,她是为了鞭策我把古筝学好。

妈妈特别喜欢"收集"。前一段时间她"收集"衣服,后来开始"收集"鞋子,然后又"收集"各种包包,最近开始"收集"口红。我非常好奇:我长大以后会不会也这么喜欢"收集"呢?

妈妈很勤劳。她每天都会在我睡着以后,帮我准备背诵的古诗,现在我能背诵300多首了。她还要每天洗衣服,每周进行大扫除,把家里收拾得干干净净、整整齐齐。

妈妈虽然很累很辛苦,但她仍不忘每天给我一个拥抱。妈妈虽然有时会生气,但我知道她爱我。她,就是我的妈妈。我爱她,她也爱我。

我与小猫的故事

因为疫情，我过了一个特别漫长的寒假。

我和姥姥每天出去锻炼。一天早晨，我们跟往常一样出去散步，在花坛旁边发现了两只小猫。一只是黑色的，我给它取名叫小黑。另一只是黑白的，我给它取名叫小花。两只小猫非常瘦，小黑的身上还沾满了花坛里的杂草，它们看起来有点饿，还有一点狼狈。我对姥姥说："我们拿一些食物来喂小猫吧。"姥姥说："好呀，我们去找找。"于是，我和姥姥就回家了。

回到家里，我们洗了洗手，之后我就去写作业，姥姥准备午饭。

等我写完作业，我们的午饭已经上桌了。午饭是油焖大虾。我马上把手洗干净，然后立刻奔向餐桌，狼吞虎咽地吃起来。吃到一半的时候，姥姥想起小猫，说："我们的虾皮不是可以喂猫嘛！"

我和姥姥吃完午饭，就带着一大包虾皮出发了。我们走了不远，就看见小黑和小花在花坛后面趴着。因为怕它们不吃，我们把虾皮倒在了花坛的拐角处。我们在旁边静静地站着，小猫们应该是觉得我们没有恶意，于是慢慢向食物靠近，然后开始大快朵颐起来。两个小家伙很聪明，它们专挑虾头和虾尾吃。我们看了一会儿，就恋恋不舍地和小猫说再见了。

喂了好几天，我每天都有新发现。我发现小黑和小花的肚皮变大了，毛色变亮了，前几天身上沾的杂草也不见了。

昨天，我还发现了一个有趣的现象。我和姥姥准备的喂猫食物是香肠。小黑和小花闻到香味马上挤到我面前，

我
与
小
猫
的
故
事

抢着要吃。我朝它们扔了一块香肠，那是给小花的，小花拿到了那块香肠，但小黑也想要，便去抢。在争抢的过程中，小花说了句："去。"哈哈，猫说了人类语言，我们都非常吃惊。

这两只小猫为我的疫情生活添加了很多乐趣，我喜欢它们，希望它们能平安长大。

我永远的好朋友——本杰明

　　我有一只可爱的小兔子,它叫本杰明。它有着长长的耳朵、圆溜溜的眼睛、胖胖的身子,还有一条毛茸茸的短尾巴。它穿着红色的西装外套,头上戴着一顶绿色的帽子,像极了一位绅士。大家会不会以为它是一只真的兔子呢?实际上它是一只毛绒兔,是妈妈在我两岁生日时送我的礼物。

　　小的时候,我特别依赖本杰明,每天上幼儿园我都会把它带在身旁。教室里的楼梯口、钢琴上,教室外的书包柜、鞋柜上,都有它的踪迹。本杰明陪着我到处旅行,杭州的各个角落都留下过它的身影,我们还一起到厦门、三亚、威海、广州、北京、香港、日本游玩,所以它应该是全世界旅行最多的兔子了吧。

本杰明还有很多冒险经历。有一次我和家人去厦门玩,在海洋公园看表演的时候,拥挤的人群挤掉了本杰明,而我却浑然不知,直到表演结束的时候才发现它不见了。于是,我们去失物招领处寻找,但并没有发现它。就在我垂头丧气的时候,一个阿姨走过来说:"这是你的兔子吧。"我定睛一看,就是本杰明。失而复得,我高兴极了。但是本杰明的身上却脏兮兮的,原来阿姨是在垃圾桶里找到了它,我顿时转喜为忧,因为我必须马上回去给它洗洗澡。还有一次我们去湘湖玩,我一不小心把本杰明掉进了湖里,爸爸见状,赶紧拿起草丛旁的一根竹竿,把它捞了上来,它浑身上下湿漉漉的,我们赶紧把它放在太阳底下晒干。可怜的本杰明,估计这些冒险经历会让它留下心理阴影吧。

本杰明每天晚上都在我的被窝里睡觉,陪着我进入梦乡。在我的梦里,也会出现它的身影,它陪我下棋、跳绳、玩游戏,还陪我继续冒险,去澳大利亚、美国、俄罗斯,甚至南极和北极。我和本杰明是永远的好朋友,我们会一直相伴到老,永不分离。

我最爱的古诗词

从我刚出生的时候开始,妈妈就经常在我耳边给我读古诗词了。3岁以后,我能独立阅读了,便常常翻阅古诗词的书籍。现在的我每天坚持背一首古诗词,从诗经到乐府诗、唐诗、宋词,慢慢地,我爱上了古诗词,也体会到了学习古诗词的乐趣。

"爆竹声中一岁除,春风送暖入屠苏。"新的一年开始了,春天的脚步也越来越近了。我走在西湖岸边,满眼都是"草长莺飞二月天,拂堤杨柳醉春烟"这般万物复苏、生机勃勃的春天景象,让我陶醉。

夏日来到曲院风荷，池塘里一张张大大的、像雨伞一般的绿色荷叶铺满了整个池塘，点点荷花竞相开放，真是"接天莲叶无穷碧，映日荷花别样红"呀。在盛夏的晚上，我推开纱窗，不但能听见清风里传来的阵阵蝉鸣，还能"听取蛙声一片"，这是夏日独有的乐章。

燥热的夏天过去了，凉爽的秋天就到来了。我和爸爸登上了杭州的馒头山，漫山遍野的枫叶用诗人杜牧《山行》中所写的"停车坐爱枫林晚，霜叶红于二月花"来形容实在是太恰当了。夜晚来临，坐在山上的石级上，望着像黑色幕布一样的天空，心中不禁默诵起"天阶夜色凉如水，坐看牵牛织女星"，希望牛郎织女能早日相见。

十二月的杭州，虽然已是早冬，我住的钱塘江边却温暖如春，想必白居易一定在这个时候来过此地，写下了"十月江南天气好，可怜冬景似春华"。深冬的杭州也是异常阴冷，林寒涧肃，"墙角数枝梅，凌寒独自开"，我们踏雪寻梅，寻找冬日的这道美景。

学习古诗词不仅可以发现春夏秋冬的变幻莫测，还可以领略祖国的壮丽河山,体会诗人思念亲人思念故乡的心境,处处是惊喜。同学们,"莫等闲,白了少年头",让我们从现在开始就勤学古诗词吧,从不同的角度去发掘古诗词的美。

鼹鼠先生的春日列车

疫情的话

疫情来了,疫情占领了一座美丽的城市。

病人生命垂危,已经快要停止呼吸。

来自各地的白衣天使赶去支援,病人病情已经好转。

疫情被控制住了,许多白衣天使乘车回家。

我只能看着这一切发生,却不能扩大自己的地盘。

哦,你们可能已经猜到了,我的名字就是——疫情。

长大以后

长大以后我想当一位作家。

我想像沈石溪爷爷一样，讲述栩栩如生的野生动物故事，让小朋友领略大自然的奇妙。

我想像李毓佩爷爷一样，在故事里教大家学数学，去探索数字无穷无尽的奥秘。

我想像日本作家古田足日叔叔一样，写出引人入胜的小说，去感受世界的无限可能。

我想像杨红樱阿姨一样，用自己的心编织出一个个彩色童话，让孩子的世界更美丽。

第三辑

爱

爱是妈妈每个清晨送我上学，

风雨无阻。

爱是爸爸每晚讲的睡前故事，

精彩绝伦。

爱是姥姥每餐做的热饭热菜，

美味至极。

爱是姥爷每天采购的新鲜水果，

酸酸甜甜。

爱是老师每节课的知识传授，

引人深思。

爱是简与罗切斯特的感情故事，

曲曲折折。

爱是发自内心的关怀与呵护。

海豹它有一片海洋

有一只海豹,它很自豪。

"因为,"它说,"我拥有一片海洋,连美人鱼都住在里面呢!"

拥有一片海洋,这只海豹真不得了,值得骄傲,值得骄傲,实在值得骄傲。

可是,一只海豹,怎么能有一片海洋?

难道……

它把海洋放在瓶子里,或者把海洋装在了袋子里?

反正让人想不到。

"哼,用得着这样么!"这只海豹轻蔑地说,"我把我的海洋,看得牢牢的,它从来没有离开过我一分一秒。我从出生开始,就拥有这片海洋。我每天都和它嬉戏,推着它游来游去。"

那么,一只海豹拥有的海洋,肯定不是真的海洋,因为,海豹很小,它的海洋应该特别特别小。

会不会,干脆就是一只海马?

海豹听了,哈哈大笑:"海豹就是海豹,海洋就是海洋,难道我连这个也不知道?"

"请你听好。"海豹说,"我的这片海洋就在这里,哪里也不会去。"

"哈哈哈哈,"海豹身边的海马听到这话,哈哈大笑,"海豹呀,你就是太骄傲。如果你有一片海洋,你为什么还生活在这里呢? 实话告诉大家吧,一只海豹就是一只海豹,自豪就自豪吧,骗人总归是不大好。是海洋里有你这只海豹,不是你这只海豹拥有这片海洋。"

听见海马的话,海豹很害羞,它躲起来了,是这样吗?

哦,不,当然没有,绝对没有。

海豹坚持自己的观点:"我就是有一片海洋。我在这里生活是因为我愿意。你看,小海豹做爸爸妈妈的孩子,和它们生活在一起,难道只有爸爸妈妈拥有小海豹?不是小海豹也有爸爸妈妈吗?海洋里有一只海豹,为什么海豹就不能有一片海洋?"

海豹的话被一只海鸥听到了,海鸥开心地说:"哎呀,原来我有一座岛屿呀,真好!"

岛屿生气了吗?没有。因为它也听见了海豹的话。它站在大海中央,正高兴地想:"对呀,原来我有一座海峡,多妙!"

家

家是由什么组成的？

姥姥催促起床的声音，爸爸刷牙时响起的电动牙刷声，摆得整整齐齐的书籍和玩具，吃水果时满屋飘散着的果香，柔软舒服的床。当然，还有春日射入纱窗的一丝暖阳，冬日里泛起雾气的窗……

家不仅仅是家人，四季风光，街坊邻居，院子里的玫瑰花，还有街道上回收旧电脑的喇叭声，街头传来的煎饼果子的吆喝声，小区里清晨就热闹起来的儿童广场……那些一同陪伴我们成长的周围环境，也是家的一部分。

家里高兴的事儿有哪些呢？

中秋节一家人围在一起吃火锅，饭后再吃一个甜酥酥的月饼；元宵节去集市猜灯谜，拎着大红灯笼走来走去；过年时与妹妹一起放烟花，把地板炸出来了一个又一个小洞；假期和爸爸妈妈去旅行，与小动物亲密接触，把各地美景尽收眼底；空闲时间写写小作文，看着它登上了报纸。

家和童年总是相互纠缠着。在学校把同学的生抄本藏起来时，真是又惊又险；放学回家的路上和同学一起背诵课文，相互学习；夏日的夜晚和好朋友江边散步、骑行、数星星……当童年快要过去，家也渐行渐远。

家里烦恼的事儿也不少。

因为不遵守时间被爸爸教训，因为成绩不好被妈妈批评，每次即将要挨打的时候，姥姥姥爷总会拉你一把，这里面也充满了爱。

家，就是一个充满着各种味道的地方，酸、甜、苦、辣、咸……不管在哪里，都没有这里的味道那么齐全。

江南美景

白居易说过："江南好，风景旧曾谙。日出江花红胜火，春来江水绿如蓝，能不忆江南？"这江南不仅让白居易赞叹，也让来往的游人赞叹。

江南的风景是美丽的。只要在春天走进这片土地，你就会看到一大片的野花，红的、黄的、蓝的……真是五彩缤纷。勤劳的小蜜蜂在花丛间飞来飞去正忙着采蜜，时不时地跳起舞来，好像在说："江南的风景真是太美了！让我们跳一支舞，来赞叹江南的美景吧！"

在一旁练习飞行的蝴蝶听到了，也附和道："对呀，对呀！世界上最美丽的地方就是江南了！让我也加入你们的舞蹈吧！"

连蜜蜂和蝴蝶都赞叹江南美景，来往的游人怎能不赞叹？每位游人经过江南，都要停留一段时间，欣赏这里的景色。他们来到江边，江边种了很多树，树上开着很多花，有桃花、樱花、杏花……游人坐在芳香四溢的树下喝茶，简直就像来到仙境一样美妙。

游人一边喝茶一边望向远处，远处群山连绵，真是好看。也许你会问：山有什么美的呢？这些山可不一般。山脚下种着松树，它们挺立着，像一群身着绿色军装的威武士兵守护着家园。山腰上种着灌木，它们像几位教书的先生，一边沉思一边慵懒地晒着太阳。山顶上种着大片的杏树，盛开后的杏花花瓣散落在地上，就像给群山戴上了白色的丝巾。

游人赞叹：江南春色好！不知道热情的夏天、萧瑟的秋天、凛冽的冬天又是什么样？

骄傲的玫瑰花

从前，在一条小河旁，有一朵又漂亮又骄傲的玫瑰花，它不愿意让大家摸它。

小蜜蜂来了，玫瑰花大喊一声："别摸我！"小蜜蜂吓了一大跳，小蜜蜂赶紧飞走了。

小蝴蝶来了，玫瑰花大喊一声："别摸我！"小蝴蝶说："不就是长得漂亮嘛，有什么了不起的！"说完也飞走了。

小蜜蜂和小蝴蝶被玫瑰花的傲慢气得不轻，它们连忙去告诉小伙伴们不要去找玫瑰花。

没有人来找玫瑰花玩，玫瑰花寂寞极了。在一个微风和煦的早晨,玫瑰花看到一只小松鼠在旁边的树枝上跳跃,有时还会跳到它身边,被它的美丽吸引,情不自禁地碰触它的花瓣。终于,玫瑰花忍不住了,它大喝一声:"走开!"这突如其来的声音吓得小松鼠愣了一下,便马上跳开了。

玫瑰花想:为什么大家都想碰我呢?于是,它便穿上了一件带刺的绿衣裳,让其他人不敢再来摸它。

但是,穿上这样的衣服,玫瑰花更寂寞了。又一天,玫瑰花低下头,对着河水自言自语:"为什么没有人来找我玩呢?"

这时,河里传来一个温柔的声音:"你只是太骄傲了,导致其他人都不敢和你玩,怕被你吓到。只要你把带刺的衣服脱下来,和别人和谐相处,就会有人找你玩了。"原来是小河不忍心看到玫瑰花难过,告诉了它原因。

玫瑰花听了,连忙要脱掉衣服,但它的衣服已经和身体连在了一起,于是,玫瑰花拜托小河告诉其他小动物,它想和它们一起玩,并不介意大家碰它。

　　消息传得很快,其他人都知道了玫瑰花想做出改变。于是,小动物们都纷纷来找玫瑰花了,玫瑰花很友善,大家也越来越喜欢它。

看 戏

一只毛茸茸的小仓鼠欢快地迈着四条小短腿从通道的尽头跑了过来。它嘴里叼着遥控器,用一条腿拉下窗帘,通道里一下子暗了下来。

它虽然长得胖乎乎的,但还是非常灵活。它转了个身,把遥控器放到地上,又在黑漆漆的管道里跑。跑了一会,小仓鼠来到了另一面窗帘旁边,那里有饮料和爆米花。它用肉嘟嘟的屁股把它们推到一边。爆米花掉了几粒出来。

小仓鼠高兴地按了一下遥控器上的小按钮,期待地说:"噢,好戏开始了!"

老鼠利克的时空穿越

老鼠利克住在老鼠洞里，他最向往的事就是去海里玩。

利克经常会爬上主人的床头，看着主人去海边的照片，想象大海是什么样子的。

但就在昨天，利克突然听到了一件惊天动地的事：小丑鱼公主要亲自去海里玩！对利克来说，这可是一件天大的喜事！他和爸爸妈妈道别之后，就独自踏上了前往海洋的征途。

刚开始，利克只能一步一步地走过去，但之后它发现了火车。这可是一条可以通往海边的捷径！于是,利克在一列火车开来的时候,看准时机跳上了火车。"呜——"的一声,火车开动了,利克坐在火车上,感觉火车开动后一下子就到达了海边。又是"呜——"的一声,利克跳下车,准备欣赏海边美丽的景色。

大海真是太美了！宝蓝色的海水上浮着绿色的椰子,金黄色的沙滩上面散落着五颜六色的贝壳。利克看呆了,他不知道真实的大海竟然这么震撼人心。

这时,小丑鱼公主游到了岸上,轻轻地叫着利克。利克连忙跑过去,迎接小丑鱼公主。小丑鱼公主把潜水服给利克穿上后,利克马上就跳进了海里。小丑鱼公主看到后,也随即跳进了水里。

进入水里之后,利克问小丑鱼公主:"公主,你带我来这里干什么?"

小丑鱼公主说:"我发现了一个时空洞,我想让你和我一起去里面。"

利克问:"时空洞在哪儿?"

小丑鱼公主什么也不说,带着利克往时空洞的方向游去。

到了时空洞,小丑鱼公主害怕地躲在利克身后,说:"你先进去吧,我在后面跟着你。"利克觉得自己要有点男子气概,于是就同意了。

之后,利克和小丑鱼公主就进入了时空洞。时空洞里很黑,黑得就像乌鸦的羽毛一样。利克在里面游啊游啊,看到没有什么危险,就加快了速度。突然一道红光闪来,小丑鱼公主和利克都吓得马上闭上了眼睛……

当小丑鱼公主和利克睁开眼睛后,发现他们竟然在公元九九九九年!利克惊讶地张大了嘴,说不出话来。公元九九九九年的地球竟然是这样的:大大小小的垃圾堆得到处都是,清澈的河流早已消失,取而代之的是一条条被废水污染的河流。利克实在看不下去了,说:"我们回去吧。"

小丑鱼公主也说:"我也想回去了,快走吧!"

于是,利克和小丑鱼公主一起穿越了时空洞,又游回了岸边。利克把潜水服脱掉还给小丑鱼公主后,对它说:

"虽然这样的生活很有趣,但我还是要回家,家才是我的归属。"

小丑鱼公主说:"下次一定要来哦!"

利克和小丑鱼公主道别之后,就踏上了回家的漫漫征途……

落　叶

　　春天,每一棵大树上都有很多小树叶宝宝。这些树叶宝宝刚出生的时候什么也不知道,只会一个劲儿好奇地问:"我现在在哪儿呀?"

　　"其他的人都是谁呀?"

　　"我叫什么名字?"

　　"为什么我在这儿?"

　　这时,大树爸爸就会温柔地告诉它们:"别急,别急,爸爸一个个回答你们。你们现在在大树爸爸的身体上,你们每个人都叫树叶。你们在这儿是因为春天到了,你们就会出生。到了夏天，你们长大了，就可以制造出一片片树荫。"树叶宝宝们听完后，又开始议论起来："为什么我们会生长出来？"

"我们还会长成什么样？"

"为什么要制造树荫？"

只有一片树叶什么也没问。它叫弗利克，是这棵树上年纪最大的一片叶子。它很小的时候就知道世间万物的生长规律，它什么也不用问。

慢慢地，它们学会了很多东西。在春天的微风里它们学会了跳舞。在夏天的酷暑中它们学会了为人遮阴。弗利克也做着这些事情，而且它一直在等待着，它知道自己的使命到底是什么。

秋天到了，冬天也不远了。这时，一个声音对弗利克说："你愿意和我一起跳舞吗？"

弗利克问："你是谁？"

那个声音说："我是秋风。"

于是，弗利克脱离了树枝，离开了大树爸爸的怀抱，和秋风一起舞蹈。它们边跳边往下降落，轻轻地相拥着，一会儿向左转，一会儿向右转，像一对优美的芭蕾舞演员，舞姿优美绝伦。

不一会儿，舞蹈停了，秋风走了，只剩下弗利克静静地躺在地上。它知道它即将完成自己的使命，就像其他所有的树叶一样，最终和泥土混合起来，变成养料，让大树爸爸来年春天长得更茁壮。弗利克慢慢地、安详地闭上了眼睛……

生命是短暂而美好的，每个人都只有一次生命，要好好珍惜它。

美丽的早晨

　　我的家在水印城小区，早上写完作业，我和姥姥一起出门去钱塘江边散步。

　　还没走出楼门，就听见一阵悦耳的音乐声。走近一看，原来是小区音乐喷泉开放了。喷泉是圆柱形的，正喷着水花，乍一看，像一块巨型蛋糕，但仔细一看，原来是涌出的水流喷射到玻璃板夹层，才变得像一块蛋糕似的。我叫它"蛋糕喷泉"。在"蛋糕喷泉"四周，有很多小喷泉。小喷泉喷出来的水柱有的像十字架、有的像雪花、还有的像梅花……水池中还漂浮着一些五颜六色的莲花，它们与美妙的音乐声和在一起,奏响了我的美丽早晨的第一乐章。

再往前走,就来到了儿童乐园。乐园里有很多小朋友,有的滑滑梯,有的玩跷跷板,有的捉迷藏,还有的在练习跳绳……小朋友们跑着、跳着、闹着,真是太开心了! 乐园里的欢声笑语奏响了我的美丽早晨的第二乐章。

走出乐园,来到小桥,就会看到一组雕塑,这组雕塑的名字叫"自由放飞"。"自由放飞"是由五只天鹅和五片风帆组成的,代表着水印城居民积极向上、乐观生活的态度。我站在桥上,驻足欣赏,五只天鹅好像在引吭高歌。天鹅们美妙的歌声奏响了我的美丽早晨的第三乐章。

走出小区,就来到了钱塘江边。钱塘江的水很清澈,船只在江上来来往往。江边还栽种了很多樱花树,上面结了一颗颗小樱桃,红的、粉的、橙的,可爱极了。我和姥姥在樱桃树下边走边说,旁边的风听到我们如此兴致勃勃地聊天,也去找它的朋友——树叶了。风和秋叶欢快地交谈着,奏响了我的美丽早晨的第四乐章。

江边的杜鹃花盛开了,我给它们拍了很多照片,然后就原路返回了。在小区门口,保安叔叔给我们测量了体温,我们走进小区,走过"自由放飞",穿过儿童乐园,经过"蛋糕喷泉"……回到了家。每天的早晨都不一样,但今天我度过了一个美丽的早晨,不知道明天的早晨是什么样的……

铅笔国王

从前，有一个铅笔国。那里是由铅笔王统治的。有一天，铅笔王去世了，大家争着要当新的铅笔国王。铅笔国的长老说："这样吧，你们当中，最聪明的铅笔才能当上国王。"于是，铅笔们一个个都回家了，想要发奋读书成为国王。大多数铅笔都在认真读书，其中有一支铅笔想：认真读书的铅笔有机会竞选上国王，不行，我要想个办法阻止他们。

第二天一早，这支坏铅笔就到处贴广告，上面写道：认真读书根本就没有用，我有更好的办法，你们都来找我吧。

有几个想偷懒的铅笔看到了,就去找坏铅笔了。但坏铅笔觉得相信的人还不多,于是,他找到了一家电视台,让电视台放出"多读书不好"这样的宣传语。

为了影响更多的铅笔,第三天,坏铅笔又拿着大喇叭在街道上走来走去,高喊着:"多读书不好,多读书会变笨的。"这个消息一传出,有些铅笔就放弃读书了。但绝大多数铅笔还是在家好好学习,准备迎接竞选。

又过了几天,坏铅笔还在想坏点子呢,有人告诉他:"竞选的日子到了。"于是,他马上从椅子上跳起来,向竞选广场跑去。参加竞选的铅笔们都已经在广场排好队,铅笔国的长老开始公布竞选题目,要求竞选者在纸上写下答案。坏铅笔没有好好学习,听到问题后手忙脚乱,不知该如何回答,而其他好好学习的铅笔听到问题后奋笔疾书,很快完成了作答。经过长老们的评选,一支叫约根的铅笔获胜了,成为新的国王。当官员们给约根穿上国王服的时候,坏铅笔不服气地问:"为什么他可以当国王,但我却不行?"新国王约根说:"想当国王一定要自己努力,好好读书才行,你没有做到,怎么能当上呢?"约根的一席话使坏铅笔回到了座位上。

当初有机会的时候,其他铅笔都在认真读书,坏铅笔却在想坏点子,所以努力的约根当上了铅笔国的国王,而坏铅笔只能在家里伤心了。

秋　天

时间飞逝，一转眼白露已经过去，即将要迎来秋分，很多事物正在这个金黄色的季节里转变。

秋天，有一盒五彩缤纷的颜料。你看，它把红色给了枫叶，把黄色给了银杏树，把橙色给了橘子。它还把炎热的天气留在了夏天，取而代之的是秋天的凉爽。

秋天，藏着很多好闻的气味儿。它一不小心打碎了气味瓶，啊，这个味道多么好闻！有苹果的香甜，还伴着几分梨子的清凉，最浓的则是桂花的香气了。在田野上嬉戏的小朋友折了几枝桂花带回家，房间里马上就芳香四溢。

　　秋天，是一个食物魔法师。它把姥姥的餐桌变得更加丰盛。我可以吃上肥美诱人的大闸蟹、香甜软糯的玉米、好吃到灵魂深处的小鸡炖蘑菇，我最爱吃的萝卜馅饺子也在秋天如约而至。青枣、小番茄、桂圆、葡萄、柿子、橙子、香梨……纷至沓来，让我的味蕾流连忘返。

　　秋天，还是一位播音员，它开启了金色的小喇叭，告诉大家，寒冷的冬天就快要来了。它告诉小松鼠要储备粮食，告诉小青蛙要加紧挖洞，告诉松柏要穿上厚衣裳。它们都要准备过冬了。

　　秋天，还带给人无尽的思念，思念亲人，思念朋友，思念逝去的少年时光。我们在秋天里期待着下一个秋天。

人生的颜色

人生是红色的

它象征着爱情

人生少不了

爱情的甜甜蜜蜜

人生是橙色的

它象征着落叶

人生少不了

年老体衰的时刻

人生是黄色的

它象征着酸味

人生少不了

心酸的起起伏伏

人生是绿色的

它象征着环保

人生少不了

绿色的环保生活

人生是青色的

它象征着清澈

人生少不了

清澈透明的时光

人生是蓝色的

它象征着忧郁

人生少不了

伤心时刻的眼泪

人生是紫色的

它象征着纯洁

人生少不了

我们纯洁无瑕的心灵

人生是彩色的

它有很多喜怒哀乐

但只有我们纯净的心灵是永恒的

生活中的花儿

生活中,我们总能遇见美好的事物,它们就像花儿一样,深深地印在我的脑海中……

杭州的秋天凉爽舒适,是我最喜欢的季节。每到秋日周末,爸爸妈妈便和我一起沿着钱塘江骑行。钱塘江的景色真是太美了!岸边的参天大树、高楼大厦倒映在波光粼粼的江面上,三三两两的鸟儿结伴飞翔发出悦耳的歌声,再加上迎面而来的阵阵花香。此刻,就是我生活中的一朵玫瑰花。

爸爸由于工作的原因,平时和我分隔两地。虽然不能每天见面，但是我可以通过视频电话与爸爸聊天，与他分享班级里发生的新鲜事，遇到困难时听到他的鼓励，在节日给爸爸送上一句祝福……信息技术让我们的爱没有距离，更让我的生活就像一朵康乃馨。

新冠肺炎疫情打破了 2020 年的平静，我的好朋友宝宝的爸爸是一名医生，他申请去了当时疫情最严重的地方——武汉。他每天穿着厚厚的防护服，为了多一些救治病人的时间，长时间工作，累了就睡在楼道旁的椅子上。他冒着被感染的风险，给重症病人吸痰，做紧急治疗。有时，病人情绪不好，他还会不断开导病人，让他们充满希望。正是这些普普通通的人，把爱心给了别人，让世界充满了温暖和快乐，把我们的生活变得像一朵百合花。

随着时间的流转，我们的生活越来越美好，而生活的每一面都像一朵花，值得我去寻找、去珍藏，也值得我回忆。

天真的小孩

小孩长成大人以后，会变得成熟，也会慢慢地失去童真。而孩子的天地很宽广，他们又淘气又率真，就比如我的表妹。

我的表妹6岁了，长得白白胖胖的。她有着圆滚滚的脸蛋，上面嵌着一双像珍珠一样的眼睛。一张樱桃小嘴时常咿咿呀呀地说着些什么，露出一排雪白但还没长齐的牙齿。她长得很可爱，她做的事情更加可爱。

最让我印象深刻的一件事是有一次我们比赛藏东西，奶奶家买了一袋柠檬，准备榨柠檬汁。我们榨了一会儿，发现多出来一个,于是,表妹提议到:"我们来比赛藏柠檬吧!"先是我来藏,我信心满满地把柠檬放在了一个柜子的后面,心想:把柠檬藏在这里,她肯定找不到。然而,我刚叫她来找,她就探头探脑地往柜子后面张望,轻而易举地把东西找了出来。轮到她藏的时候,我左翻右翻,都没有找到。最后,答案揭晓了!表妹居然把它放在了原来的袋子里,真是让人意想不到。明明是最简单的地方却骗过了我的双眼。表妹真是一个厉害的小孩。

还有一次去游乐场玩,我们都非常想玩魔鬼滑梯,但表妹有些害怕,担心自己会摔伤。我安慰她:"没事的!"其实我自己心里也有点害怕。我们从滑梯上几乎垂直地滑了下来,摔到了一堆海洋球里。魔鬼滑梯太刺激了!我沿着绳网爬了上来,情绪还算镇定,但表妹却吓破了胆,哇的一声大哭起来。大家只能与她一起离开,走的时候还反复安慰她:"别哭了,别哭了……"

这就是我的表妹,一个可爱又天真的小孩。

我爱家旁的小公园

杭州有西子湖畔的花港观鱼,也有百花齐放的太子湾公园,但是陪伴我童年时光最长的还是我家旁边的那个小公园。

公园不算大,甚至没有名字,但它就像一块巨大的磁铁,深深地吸引着我。它的一草一木、一花一树都给我留下了深刻的印象。

走进公园,首先映入眼帘的是一个荒废的葡萄木架,因为无人打理,木架上面长满了像紫宝石一样亮丽的紫藤花。仔细一看,藤架上还筑着一个鸟窝呢!它被紫藤花碧绿的叶子层层包裹着，可能是鸟妈妈不想让人类发现它吧。

沿着笔直的泥土路往前走，一条小溪悄无声息地流淌着。抬眼望去，一座高高的桥在树荫间穿过。站在桥上，我俯身向下望去，只见清澈见底的溪水中，有许多小蝌蚪自由自在地游来游去。每年夏天，我都会和爸爸一起在这儿找小蝌蚪，再一次一次来观察它们如何变成青蛙。

在公园中央，你会看到一座古色古香的四角亭立在路旁。它深红色的柱子上长满了爬山虎，屋顶上也铺满了灰尘。它是用木头做成的，有四个角，但看上去有些像八卦图。亭子里有一排长椅，如果你在公园里走累了，可以在这里休息一会儿，看看风景。我小时候来这个公园玩，经常一玩儿就是几个小时。夕阳西下时还恋恋不舍，最后还是爸爸妈妈一起把我连拉带拽地拖回家。

这个小公园里有许多新奇好玩的事情让我对它充满了向往，想要不断来探索和发现。我希望这个美丽的小公园，可以陪伴我走过剩下的金色童年。

我的烦恼

　　我的烦恼有很多：作业写不好、画画没达到要求、读书时间不够……但我最大的烦恼是古筝课上被我的老师西西批评了。

　　那一天，我和妈妈去录古筝六级考级视频。到古筝教室的时候，西西老师已经在里面等着我了。在录考级视频之前，我先认真地练习了一遍。西西老师皱着眉头生气地说："你左手的力气太小了，再弹一遍。"西西老师的话就像一块大石头压在我的脑袋上，我垂着头又弹了一遍。西西老师的眉头皱得更厉害了，她又说了一句："不行！再弹！"

我只好弹了一遍又一遍,直到我的手指都"冒烟"了才开始录视频。

　　和之前一样,我被西西老师要求反复录了好几次,半个小时后终于录出一次不错的视频。我松了一口气。从古筝教室出来,我仍然在想被批评的事。老师的话依旧回响在耳边,我还能感觉到脸上火辣辣地疼,还有那无地自容的感觉……

　　之后几节课,我还是会被老师批评。一开始,我不知道这是为什么,后来,我知道了老师的良苦用心,是我平时还不够努力。只要上课认真听讲,回家认真练习,我的古筝一定会弹得越来越好。

我的旅游指南

从出生开始到现在的这8年，我去过很多地方，但有几处令我印象非常深刻。

我喜欢的国家有中国、日本和澳大利亚。中国是我的出生地，也是我的祖国母亲，所以我最喜欢的国家就是中国。我喜欢中国的第二个原因就是中国的美食很多。中国的美食有麻辣鲜香的火锅、香喷喷的饺子、令人回味无穷的煎饼果子……其中，我最喜欢的就是饺子。把面粉和水和在一起做饺子皮，再把肉和菜切碎拌在一起做饺子馅。把饺子馅放进饺子皮里，合上，捏出一些花边，然后放进锅里一煮，饺子就做好了。咬一口，饺子的香味扑鼻而来，如果再蘸上醋，那更是人间美味。

中国的树木和植物也很多。中国的花卉很多，一年四季都绽放着不同的花。它们中最美的要数牡丹了。牡丹是中国的国花，它象征着雍容华贵。除了它，其他的花朵也很美丽，比如铃兰花、月见草、蓝雪花……中国如此美好，每个来中国旅游的人都念念不忘。

除了中国，日本也是一个不错的地方。日本的旅游胜地很多，光是北海道，好玩的地方就数不胜数。星野就是个不错的选择。在早上7点钟的时候，星野的山上会有一片"云海"，它像纱一样轻薄，又像棉花一样柔软。星野也有很多的牧场，喜欢小动物的人可以去星野看看。小牛、小羊、小鹿都在农场里怡然自得。

我觉得北海道最美的地方就是富良野了！在那片美丽的土地上，每户人家都很喜欢种植物，有自己的花园。远远望去，你会发现花园变大了。但仔细看，你就会发现那是在山上种的富良野花田。花田里不仅仅种一种花，那里有不同种类的花朵。层层叠叠的花朵像波浪一样，别提有多好看了！

在富良野，薰衣草是花田的主角，别说那一望无际的薰衣草田了，就连小卖部卖的冰激凌都是薰衣草口味的。时装店卖的衣服上也绣着薰衣草的图案。

离开北海道之前，可以去小樽逛一下，那里的玻璃制品真是无奇不有。泡温泉的小猪、跳跃的海豚、洗澡的小猫……简直就像把全世界的玻璃制品都囊括在内了。我相信带上这些小礼品，每个人一定都会心满意足地离开。当然，我也买了很多。

澳大利亚也是一个令人称赞的地方。一提到澳大利亚，你首先想到的肯定是那里的动物了。那里有可爱呆萌的考拉、跳跃力极强的袋鼠，还有各种飞禽走兽、海洋动物……动物种类繁多，去动物园的时候经常让我眼花缭乱。

我觉得澳大利亚最好的地方就是袋鼠岛了。那里的农场会养很多动物，还会有表演和互动。有的农场会有牧羊犬赶羊的表演，有的农场会有剪羊毛的表演。我去看过剪羊毛的表演，剪羊毛需要用电推子，剪的时候要从羊头开始剃，然后是身体，再把羊翻个个儿，一直剃到腿。剃完后，他们就把羊放回围栏，再把羊毛拿给旁边的老妇人，让她们来织羊毛衫。

如果你喜欢企鹅，那你可以去企鹅岛，一到晚上，成群结队的企鹅就会从大海边返回巢穴，有一种说不出来的壮观。

世界上我没有去过的地方还有很多，我还想去冰岛、埃及、南极，甚至是比宇宙更远的地方。

我的世界

我的世界是五颜六色的，里面有小溪、竹林、寺庙、鲤鱼、大树、菜园和我住的小别墅。

我住的小别墅里有一座阁楼，阁楼上有我的床、睡觉时抱着的小兔子、几团毛线和一把吉他。毛线是织衣服用的，吉他是我的作文老师留在我这里的。走在"嘎吱"作响的木楼梯上，你会看到很多很多的书。我很喜欢阅读，因为阅读可以让我找到我自己。走下楼梯，最先映入眼帘的是一层楼高的鞋柜和穿着衣服的模特。模特穿着黄色的外套和绣着玫瑰花的裙子，再配上一条棕色的腰带，美丽极了。

模特的旁边有一张桌子，桌子上有一个茶杯、一个照相机和一盆花。我喜欢花的芬芳。我不像其他人那样喜欢玩耍，我喜欢坐在椅子上，喝着水，静静地看书。

书桌上面有一个柜子，柜子里面装着很多食物。有汉堡、甜甜圈、粽子……可以说是应有尽有。

我养了很多宠物。它们是两只猫、一只小青蛙和一群小熊猫。每天清晨吃完早饭，我就会带着我的宠物们出去散步。小熊猫们走路很重，走得大地"咚咚"响。我就会对它们说："你们走路小声一点！"它们就会停下来，然后悄悄地走。

房子旁边有两个小池塘，池塘里长着很多水草。我的宠物小青蛙就住在这里。它的旁边有一条小溪流，小溪流里漂着一艘招财进宝船，它漂啊漂，一直漂到了附近的神庙里。神庙里放着一尊达摩，他的眼睛闪着晶莹的光，似乎要告诉我什么。

我顺着光望去，看到一棵粗壮的大树，树上拴着一根细细的线,线上系着一个达摩风筝,飞到了云朵上。

我还有一个小农场。小农场里有花儿、水果和蔬菜。花儿有蒲公英和绣球花,水果有桃子、菠萝和哈密瓜,蔬菜有茄子和土豆。我平时都从这里摘菜。

哎呀,时间到了!我冲出菜园,跑到野餐垫上,手里拿了一些主食和菜,把它们在野餐垫上摆开,等待我的动物朋友们来。

慢慢地,兔小姐、熊先生、鸡太太……都来了,大家开始享用美味的饭菜。吃完饭,大家抬头看夜空中的星星。那挂在天空中的明星,好像在指引着我们,指引我们走向前方,指引我们走向未来。

西　溪

——最美健步行

　　今天一早,我和爸爸妈妈来到西溪洪园,参加了"爱写作的狮子"举办的"健步游春,相约洪园"活动,给我留下了深刻的印象。

　　我们的健步行都是在西溪洪园进行的,洪园里的桥很多,光是寿堤就有6座桥。这些桥都是用石板铺成的,朴实无华。活动老师带我们走上桥,桥的下面是湿地水域,种着许多睡莲,小朋友们纷纷聚集在桥的两边欣赏睡莲,它们颜色各异,白色的、黄色的、粉色的,漂亮极了。

从桥上走下来，一片紫色映入眼帘。远看以为是一片薰衣草地，走近一看，原来是一簇一簇的柳叶马鞭草。柳叶马鞭草的茎细细长长，就像骑手手里的马鞭。茎的顶部开着紫色小花，几十朵挨在一起，像一个个小绣球。它们散发着淡淡香气，闻一下，好像能消除人一天的疲倦。

沿着健步路线前进，我们边走边看，发现了很多有趣的植物。先是爸爸发现了路边长着一棵桑树，树上结了很多桑葚。爸爸摘了一颗桑葚，问我要不要尝一尝。我把黑如小珍珠的桑葚放进嘴里，酸酸甜甜，确实好吃。随后我发现路边的草地上透出点点嫣红，原来是草地里长着像熟透的樱桃一样的小果子。起初我不知道这种果实是什么，一位路过的老爷爷说："这是野草莓，空心的才能吃，实心的不能吃。"哈哈，幸好我还没吃。

西溪洪园既优美又幽静，妈妈说："这里的空气好清新呀！"我也跟着附和："这里的空气闻起来像蜜一样甜。"我们顺利走完全程，如此健康又美好的活动，真希望以后还能有机会来参加。

小小的"灾难"

　　有一天，我和我的作文课老师在练习课上一起聊天，她提到了她英语高考不及格的事。我觉得很有意思，就笑了起来，我边笑边拍手，一不小心把放在桌子上的水杯打翻了。

　　我被吓得大惊失色，连忙扶起桌上的水杯，水杯里就剩一点儿水了，其余的水已经沿着桌沿儿流到了地板上。我的老师连忙拿出桌旁的纸巾盒，我抽出一张，马上俯下身子，想去擦地上的水迹。这时，老师突然对我说："看，地上溅起的水花多漂亮啊！像在地板上绽放的烟花。"我蹲在地上,欣赏起这意外而又美丽的"烟花"表演。

看完"烟花"表演,我们开始清理水灾现场,老师擦干了地板上的水,我擦干了书桌上的水。我们擦过水的纸已经堆成了"一座山",于是我们开始"创作",我们把"小山"揉成了一个"大纸团",我又撕下来几张被浸湿过的草稿纸和图画纸,也揉在了纸团里,现在,纸团又变成了一个巨大的"皮球"。

我的老师把这个"皮球"交给了我,她说:"快去把它扔掉吧。"于是,我拿着它走出房间,一路上都在开心地大笑。很侥幸,家里人并没有发现我制造的小小"灾难"。我蹦蹦跳跳地走了回来,然后,回到我的书桌旁,拿起笔开始写作文了。这时,我心想:假如作文簿湿了就好了,我就不用写作文了。但现实总是那么"残酷",于是有了这篇作文。真是一场有趣的"灾难"。

"泄洪"

大家好！我是一条鱼，我叫朵朵，住在钱塘江里。

这段时间是杭州的梅雨季节，一直都在下雨。今天，我来到水面上透气，看到许多穿着黄色背心的人在钱塘江边站立着，脖子上还挂着哨子。我以为他们是来江边偷偷钓鱼的人，想要吃我，于是我赶紧躲回到水里去了。我在水里找了个有水草的地方休息，听到来来往往的行人也在讨论，于是知道了他们是防潮所派出的防潮员。

我又来到了水面，看到防潮员都穿着统一的制服，皮肤被晒得黝黑，每隔50米就会有一个站岗的人，还有些防潮员骑着自行车在江边来回巡逻。他们会及时提醒老人小孩不要靠近岸边,关注着水位情况,及时向指挥部报告。就算下雨了,他们也不松懈,穿着雨衣继续站岗。

今年的雨真的好大,我在江里生活这么多年,也是第一次看到钱塘江上游连续"泄洪"。我游到了离我最近的萧山排灌闸口,这里并没有放开闸门,估计如果开闸,水就流到市区里面去了。

我往市区看了看,静悄悄的,好像一个人都没有。原来,又是一年一度的高考。听着"泄洪"时水流的"哗哗"声,我仿佛听到了学生的笔写在纸上的"沙沙"声。

祝这些高考生"高考日遇上泄洪日,鱼跃龙门"!

雨

夏天的雨，

就像神仙手里的喷雾器，

向人间喷洒出一片一片的消毒剂，

想把病菌杀死。

人间的病菌，

就是新型冠状病毒，

一处一处，

往四面八方扩散。

神仙喷了好久好久，

但病菌一点也没有被消灭，

上天这才反应过来，

原来是喷雾器坏了。

神仙知道自己错了，

马上去买新的喷雾器，

新的喷雾器上场了，

病毒还是没有被消灭。

神仙去问了售货员，

终于知道这款喷雾器不能消灭病毒，

神仙呀，

你真是有点迷糊了。

致联合国秘书长古特雷斯的一封信

联合国秘书长古特雷斯先生：

　　您好！

　　我叫梁熙得，是一名中国小学生，今年8岁了。我长大以后，也想成为一位联合国秘书长，为世界人民服务。

　　以前我不知道现在的联合国秘书长长什么样子，叫什么名字。两个月前一次偶然的机会，我在电视上看见了您。当时，我兴奋得不得了，马上拿出一张纸，把您的名字和性别写了下来。现在我不但知道了您，居然能给您写信,真是奇迹中的奇迹。

我想当联合国秘书长是因为联合国秘书长可以处理很多事情,为人民做贡献。

如果我当上了联合国秘书长,我要帮人们做很多事情。

第一是控制好世界的疫情。让康复的国家给疫情泛滥的国家输送救援物资,号召全世界的人民外出戴口罩,回家勤洗手,但也要适当运动,增强体质。

第二是降低噪音。商店、工厂里有时会放着音响,里面说:"我们的产品很好,快来买呀!"这噪声严重影响到了附近的居民。我们应该严格控制这种行为,给居民一个安静的空间。

第三是管理好污水排放。很多工厂制作完产品,就会把污水排放进大海。大海里有很多小鱼、小虾,当它们受到污水的污染后,就会死亡。大量海洋生物死亡会造成生态失衡,我们需要还给大自然一个健康的环境。

第四是创造良好的教育环境。孩子们的阅读很重要,要推荐好书给他们。要让孩子们通过阅读来喜爱大千世界，还要让老师减少家庭作业，留给孩子们更多的阅读时间。

　　古特雷斯先生，我知道当联合国秘书长很不容易，感谢您为世界做出了这么多贡献，也期待您的回信。

梁熙得

2020年4月25日

致联合国秘书长古特雷斯的一封信

第四辑

大富翁

我很喜欢家庭游戏,其中就有一个我和爸爸经常玩的游戏——大富翁。

今天,我们选择的是大富翁的旅行游戏,游戏规则是每个人都要尽快地游览完所有的"热门景点",游览完每个景点都可以获得一些分数币,首先获得50分的人就是最棒的"旅行达人"。

游戏开始了,我掷骰子掷出了3,前进了3步。而爸爸掷出了5,前进了5步。在我前进了十几步后,我看到了一个"热门景点",只要再前进4步就可以到那里了。那一刻我很紧张,于是停了好一会儿,我多么希望我会投中4,我把骰子攥得紧紧的,手心也有轻微的汗,我还是迟迟不敢投出去。这时,爸爸微笑地看着我说:"宝贝,别紧张,就是一次游戏而已,快乐的过程才最重要。"爸爸的话一下子点醒了我,我心想:"爸爸说得对,投到的不是4也没关系,毕竟这只是一场游戏。"我对着手吹了一口气,毫不犹豫地把骰子投了出去。

呼!清脆的声音传到了我的耳边,我连忙跑过去看投到了几。也许是我的运气比较好吧,骰子居然稳稳当当地落在了"4"的位置上。我得到了那个"热门景点",也取得了暂时的领先。

虽然在接下来的比赛中我一直略微领先一点,但也依然不敢松懈,认真对待每一步。我和爸爸经过了40分钟的较量,最终我赢得了比赛的胜利。爸爸说:"恭喜你,小'旅行达人'。"我说:"爸爸,其实你是一个很强的对手,只不过我今天的运气更好一些。"

大富翁这个游戏不仅益智,还教会我从容面对得失。

不仅仅是大富翁游戏，其他游戏和比赛也是一样，不要一直想着胜利，再厉害的人，也会有输的时候，只要过程努力，对待结果要有一颗平常心。期待在下一次大富翁游戏中与爸爸一决高下。

放鞭炮

我喜欢过年，因为"过年"这两个字就代表着团圆和温暖。

杭州过年是不放鞭炮的，但我的老家石家庄可以。我对鞭炮的记忆就来自那儿。

那是前年大年三十的晚上，我和爸爸妈妈回到老家，与家人一起吃年夜饭。桌上摆着丰盛的饭菜，这些美味是喜悦的前奏曲，因为把这些饭菜吃下肚，我们就有力气开始玩耍了。

终于，放鞭炮的时间到了。我和妹妹立刻争先恐后地穿上羽绒服,戴上帽子手套,冲下楼梯。我们在一楼仰着头,伸长着脖子大喊:"爸爸,叔叔,快下来放鞭炮啊!"爸爸和叔叔无奈地笑了笑,抓起大衣跑下楼去。

　　一分钟的时间因为焦急的心情变得很长很长,爸爸和叔叔与我们会合后,叔叔打开了停在楼下的汽车后备厢,掏出两个鞭炮,递给爸爸,说:"先把这两个点燃吧!"然后又转身对我们说:"你们现在是观众,就坐在后备厢里看吧。"我和妹妹并排坐在后备厢里,因为着急,两只脚时不时地相互踢打着,不停地探出头,急切地问:"好了吗?什么时候开始?"只见爸爸用火柴点燃了手里的鞭炮,先是"刺刺"的声音,然后迸发出一道火光,在空中炸开来。炸开的瞬间就像一道流星划过,光彩夺目却又稍纵即逝。我和妹妹直勾勾地盯着看,生怕看漏眼。

　　此时,叔叔不知道又从什么地方变出来一大盒鞭炮,放在了我和妹妹面前。叔叔鼓励地说:"这种鞭炮只要扔出去就会炸开来,威力不大,你们也来试试。"我和妹妹从后备厢出来,小心翼翼地接过鞭炮,紧紧地捏着鞭炮的尾巴，由于有点害怕，手还微微地颤抖。我们相互看了一眼，便壮着胆子使劲地把鞭炮向着空旷的地方扔了出去。顿时，一大片的鞭炮在我们眼前炸开。我和妹妹激动地拥抱在一起，手拉着手，跳跃着，欢笑着，爸爸和叔叔的笑容也在脸上荡漾开，他们因为我们的快乐而快乐着。这些鞭炮带来的点点光亮就像一只只在空中飞舞的萤火虫，它们不仅点亮了眼前这片漆黑的大地，也点亮了我和家人一起度过的时光。

是的，我永远也不会忘记这些鞭炮，尽管只有那么短暂的一刻，但在我的心里，却是家人给我的永恒温暖，也是过年团圆的美妙乐章。

墙 中 人

从前，在一座城市中，生活着一个孤单的人。他没有朋友，也没有亲人，甚至没有养一只兔子。他想找一个同伴，于是，每天在城市里寻踪觅迹，但依然一无所获。

他一直向前走，走啊，走啊，最后走到了城市的边缘。在那里，他发现了一堵灰色的高墙，墙壁上满是破旧的痕迹。

他敲一敲墙壁，想看看那边有没有人。但他敲了很多下，也没听见任何回音。这时，他看到了一架梯子，他想：一架梯子，我可以用它爬出去。于是，他把梯子搬了过来，架在高墙上。他怀着忐忑不安的心情一步一步向上爬。他的嘴唇紧闭着，双腿不停地颤抖，双手因为握得太紧而渗出了汗珠。就在他登上最后一级，即将看到外面的风景时，他犹豫了——他不确定外面的世界是否比现在好。想到这里，他的脚便一步一步往回缩。

此时，天色已晚，他有些冷了，他找了一把锯子锯下梯子上的木条，用来生火。火烧得很旺，但这丝毫没有让他开心一点。他一心想着墙的外面，不去理睬火焰。慢慢地，火越来越小了，于是他又从梯子上锯了一些木头放进火堆。慢慢地，这架梯子上的木条也没剩几根了。终于，他鼓起了勇气，想再次爬上梯子去看看外面的世界，但这架梯子已经破破烂烂，没法用了。他望着梯子叹了一口气，转身又走回了他原来的世界。

唉，缺乏勇气的可怜人啊，本来有出去的机会，却白白浪费了。

秋天的校园

　　"自古逢秋悲寂寥,我言秋日胜春朝。"在很多古诗词中,秋天是悲伤的象征。但在我看来,秋天是多彩的象征。秋天最美丽的,就是我们的校园了。

　　在秋天的校园中,最美丽的就是操场。跑道两旁种着许多高大的银杏树,到了秋天,银杏树叶随着秋风纷纷地掉落在跑道上,跑道就像铺上了一条地毯,金光闪闪。同学们在这美丽的跑道上跑过,跑道上留下了同学们的脚印。那脚印,就像小精灵们的脚印,在学校的操场上奔跑着,欢笑着……

秋天的小路也美。小路旁的柚子树结果了，又大又黄，尝一口，酸甜可口，美味极了。再往前走，哇，桂花树开花了！树上长着一团一团的桂花，闻一闻，桂花散发出一股沁人心脾的清香，它的香味飘过了小路，飘进了教学楼，也飘进了小朋友们的心里。你听，校园里正回荡着同学们的欢声笑语和琅琅读书声呢！

秋天的花坛也美。花坛里盛开着美丽的菊花：有红色的，红得热烈；有紫色的，紫得迷人；有黄色的，黄得明亮……花坛里还有几株迎着太阳升起的向日葵。花坛里万紫千红，争奇斗艳，让人流连忘返。

秋天的校园依然五彩缤纷，蓬勃向上，而秋日校园的学子们，也满怀希望，为中国梦努力学习。

时间存折里的家

"我想要一个时间存折，存进家的时间。"我说。你问我家的时间是什么，在我的心里，家的时间就是我和家人在一起的点点滴滴，是每一个让我感到或幸福或温暖的瞬间，是每一份让我挥之不去的挂念。我想把它们都存进我的时间存折里。

少年时期，父母陪伴我们成长。这时，时间于我而言过得特别慢，就像一个垂垂老矣的老人，放慢了步伐。我往时间存折里存的是和妈妈共读的时间、和爸爸一起运动的时间、和姥姥姥爷一起散步的时间，是全家人一起出去旅行的时间。存折里存入的每一刻,都很温馨,但又显得弥足珍贵。时间,就像一颗颗璀璨的珍珠,华丽而又散发着温润的光泽。

青年时期,我们会离开家外出求学。时间都用在了学业上,在家待的时间越来越少,时间存折里存入的日期也越隔越远。这时,时间慢慢地快了起来,像一只疾速奔跑的猎豹一样。我往时间存折里存的是假期里清晨妈妈的那声"起床啦",周末与家人围坐在一起吃饭的欢声笑语,每次爸妈送我远行时一声声的嘱咐和叮咛,以及我一次接着一次向家的方向,依依不舍的凝望……

中年时期,我们结了婚,有了儿女,又拥有了另一个家,就像我的父母拥有了我一样。我们会把自己的精力花在新组建的家庭上,在自己原本的家上花费的精力会越来越少。这时,我们常会把之前存进时间存折里的少年时光或者青年时光拿出来一些,用来回忆之前发生过的一些事,或者,向我们的孩子分享我们曾经的故事。当然,即使到了中年时期,我们也还是会往时间存折里存入时间,存入的多半是关于孩子,他(她)在房间里艰难地练习行走的那一刻,他(她)第一次叫"妈妈"的喜悦,他(她)第一次离家上幼儿园时那不想与爸妈分离的眼神……

在之后的时光里,我们都会慢慢长大、慢慢变老,进入老年时期。有一天,当我再翻开时间存折,发现自己已经是一个富有的老婆婆。我会把时间存折里的时间全都取出来,仔细回忆那时的我们和曾经发生过的一切,脸上浮现出满足的充满褶皱的笑容。

家给予的爱是我前行的燃料。如果哪一天我觉得家的时间不够了,我会休息,停下,让爱赋予我前行的力量。

太子湾的春天

"红树青山日欲斜,长郊草色绿无涯。"一年四季中,春天是一个温暖和煦、草长莺飞的季节。在春天里,我见过最美丽的地方就是太子湾公园了。它就像一幅五彩缤纷的画卷,让我感受到了"生之力"。

走进太子湾公园,展现在眼前的是五颜六色的郁金香:它们有的是红色的,红得热烈;有的是紫色的,紫得迷人;有的是黄色的,黄得温暖;有的是橙色的,橙得明亮……它们的鲜艳和独有的清香不仅吸引了往来的蜜蜂和蝴蝶,而且吸引了众多游客前来观赏。

如果说郁金香是一位浓妆艳抹的贵妇,那么樱花就是一位清淡素雅的少女。瞧,在郁金香花园的后面,长着几棵淡雅的樱花树。每个花瓣都长得粉嫩粉嫩的,就像少女的肌肤。此时,它们正开得茂盛,每根枝头上都花团锦簇。这美丽的樱花,吸引了很多游人驻足流连。

樱花树旁,建着一座庄重的教堂。远远望去,白色的墙壁,尖尖的蓝色塔顶。真好奇它到底是用来做什么的。

花香弥漫的花园后面,还长着一片茂密的树林,里面种着松树、水杉、枫树……与冬日相比,春天松树的叶子显得更苍翠了,水杉长出了小小的嫩芽,枫树也抽出了新的枝条,长出了浅绿色的叶子。它们的枝干有的高大挺拔,有的婀娜多姿,有的弯弯曲曲。可以想象,这是一幅多么富有生机的画面。

花园的草地绿油油的,草长得又长又软。它长得很长,常常没过膝盖。它又软软的,人踩在上面就像是踩在海绵上一样。它铺得很远很远,一直铺到这座花园的尽头……

这就是太子湾公园的春天，不知道它的夏天、秋天和冬天又会是什么样。

我爱阅读

　　我和阅读的缘分从我还在妈妈肚子里就开始了，妈妈在怀我的时候每天都会给我读书。我出生四天后，爸爸就开始给我看黑白卡片了。小的时候，爸爸、妈妈、姥姥每天给我读各种故事和诗歌。那时候，我还不认识字，但每天听得多了、看得多了，让我无师自通地学会了很多字。

　　三周岁的时候我就可以独立阅读了。即使有不认识的字，我也可以根据它的部首，猜出来这个字大概的读音和大致的意思。那时，我觉得自己在阅读方面成长了很多。

　　上幼儿园时，因为我的性格比较内向，所以不太愿意和其他小朋友一起玩游戏。这个时候，我唯一的选择就是看书。每当下课，我就会坐在图书角里，静静地看书。书仿佛成了我最要好的朋友，默默地陪着我。也是在那个时候，我不知不觉地爱上了阅读。

如今，我上了小学，更明白了阅读对学习的好处和重要性。一上小学，我的成绩马上就提了上来。由于识字量多、阅读量大，我的阅读理解、古文背诵等一直名列前茅，其中最突出的还是我的作文。日积月累的好词好句我都会写进作文，也利用一切机会勤练笔。我已经有了三本自己的作文集，里面有课堂小练笔、老师布置的作业、报纸杂志的主题征文、每次旅行的游记……内容多种多样，每一篇都很不错。

我的阅读兴趣很广泛。我喜欢寓言，它让我明白一个又一个深奥的道理；我喜欢散文，它让我更加深入了解生命的价值和意义；我喜欢科学，它让我知道万物如何运作。

我爱阅读，它让我感觉自由、充实，也让我的灵魂变得更加丰满。

夏天的味道

人的记忆总是与感官相联系的。青草的香味总是带我回到那个与小伙伴们一同玩耍的傍晚，姥姥的馄饨香总是让我想起阳光明媚的清晨。当我的唇齿相碰，轻轻念出"夏天"这两个字时，过去夏日里的情景就浮现在眼前。

端午节往往都在杭州的夏初时节，每到这个节日，家家户户都会挂上艾草。我太爱这艾草，它样貌普通却生命力极强，房前屋后都能看见它蓊蓊郁郁地生长。艾草的味道不像玫瑰那样馥郁，也不像百合那么浓烈，而是有一丝丝苦味的清香。那时，天真的我每次都会把艾叶放在手里揉了又揉,然后用充满艾草味道的小手在粽子上拍了又拍,希望它尝起来有一股艾草香。对我来说,这清清苦苦的味道宣告了夏天的到来。

盛夏里,给予我味蕾最大冲击的就是酸梅汤了。夏夜,与小伙伴一起出去玩儿时,总是跑得满头大汗,这时,酸梅汤可是最解渴的了。我们每人各捧着一杯酸梅汤,如视珍宝般小口小口地喝着。酸梅汤酸中带甜,回味悠长。喝完后,小伙伴们就恋恋不舍地各自回家了,约着明天继续。那时的友情和那酸甜的汤让我至今难以忘怀。

一说起夏天,当然少不了去海边啦!海边金黄的沙砾,踩上去吱吱作响。形态各异的贝壳散落在沙滩上,等着人们去发现。一阵阵海浪涌过来,我顽皮地掬一把海水,伸出舌头舔一舔,哇,海水真的好咸啊!一阵清凉的海风吹来,也是一股咸咸的味道。从此,我记住了这咸咸的味道,记住了夏天的海边。

夏天到底是什么味道?苦的、香的、酸的、甜的、咸

的……每一种味道都是一种记忆，这些味道和记忆共同组

成了我的夏天。

阳台上的绿

我初见它的时候，是在花鸟市场。

远远望去，一大片绿色的"风铃"抓住了我的眼球，我情不自禁地被它吸引了，慢慢地朝它靠过去。走近一看，这是一盆多么生机勃勃的植物呀！它的茎从中间向四周垂落着，像少女飘逸的秀发。一根茎上串着几十片饱胀的绿叶子，鼓鼓的，像孩子生气时稚嫩又可爱的小脸。

我问商家："它叫什么名字？""它啊，名叫翡翠珠，花语是平静。"商家笑眯眯地回答我。"翡翠珠……"我喃喃地念着。确实，你看它的绿，像通透的翡翠；你摸它的叶，似不染尘的珠。

我把翡翠珠安放在阳台的一角,小心翼翼地呵护着它,每天给它浇浇水,晒晒太阳,学着妈妈照顾我的样子悉心呵护它。它似乎感受到我的诚意,欣然有了新变化:昨天发出了一枝新芽,今天又冒出了几片新叶,花茎也越来越长,在阳台上占领的地盘一天天扩大。

翡翠珠真好,它就像一位沉静的引路人,把红着脸蛋儿的盎然春意带进了我的阳台,也让无限美好的春日时光驻在了我的心间。

阳台上的绿

一想起这件事，我就获得了勇气

小时候去上幼儿园，每天都要家长催好久我才进园。就算很快进去了，水汪汪的小眼睛里也时不时掉下来几颗泪珠。

我不是很喜欢上幼儿园，因为在我上小班时，发生了这样一件事。一次林老师在班里开玩具会，让同学们把自己喜欢的玩具拿出来，交换着玩。我鼓起勇气，找到了一位同学，对他说："我们一起玩吧。"出乎我的意料，那位同学拒绝了我："你已经有玩具了，我还是不和你一起玩吧。"

我当时泄气极了,本来要去找另一位同学,但转念一想,如果大家都这样的话,那我应该找谁玩呢?

从此以后,我便不太喜欢上幼儿园了,集体活动参与很少,只是坐在教室的角落里静静地看书。中午睡觉也很抗拒,有时候躺在床上望着天花板到午休结束。我一直觉得自己在幼儿园的表现一点都不好。直到我毕业三年后,林老师让我来写优秀学员毕业感言。我当时又吃惊又激动,心想:我也是优秀毕业学员吗?我赶紧跑到桌子前,怀着喜悦的心情写起作文来。过了几天,妈妈告诉我,我的感言入选了,我拿起妈妈的手机,点开白金海岸教育集团的公众号,找到"优秀毕业生"栏,一页一页地往下翻看,突然间,"我的白金记忆"映入眼帘,我的感言赫然在列。看到的那一刻,我的内心像沸腾的油锅一样,瞬间炽热了起来。看来我在幼儿园还是表现不错的,得到答案的那一刻我炽热的心仿佛又要燃烧起来,瞬间变得更加温暖与明亮了。

如今,每当想起这件事,我就勇气倍增。现在的我,胆子变大了,能够更加从容地面对害怕、困难和挫折。今后,我一定会带着这份勇气,一路前行。

银杏树

在我的小区里，种着几棵高大的银杏树。秋天是银杏树最美的时候，每到这时，居民们就会纷至沓来，欣赏美丽的风景。

从远处看，银杏树的树枝就像一束束金黄色的麦穗，直挺挺地插在它粗壮的树干上，看起来就像一片"稻田"。走近去看，银杏树的叶子是扇形的，像一把把小扇子。这小小的"扇子"扇哪扇哪，把夏天的炎热扇走了，也把秋天的凉爽播撒到了四面八方。叶子摸起来非常光滑，像在抚摸一块柔软的丝巾。叶子的色彩也非常丰富，不只是金黄色,还有橙黄色、橙色、黄绿色等等。秋天把这些颜色送给了银杏树,让银杏树也穿上了一件多彩的外套。

秋风就像一个顽皮的孩子,喜欢找银杏树的叶子跳舞。秋风跑过来时,叶子们纷纷跳下枝头,跟随着秋风的舞步,一会儿往左跳,一会儿往右跳,就像一群优美的芭蕾舞演员在表演节目。慢慢地,秋风走了,成千上万的叶子静静地落在地上,好像一条金色的地毯,它从树的脚下一直铺到很远的地方,一直到这条小路的尽头……

如果你也喜欢银杏树,那么我邀请你来我的小区,我们共同欣赏这道美景。

郁　金　香

　　春天，是一个生机盎然的季节。那时，公园里的花儿
再也耐不住冬天的寂寞，一朵接着一朵争先恐后地绽开了
笑脸，迎接着它们期盼已久的春天。每到这时，我都会去
太子湾公园，欣赏我最喜欢的郁金香。

　　郁金香的花茎是嫩绿色的，又长又细，亭亭玉立在泥
土里。顺着花茎往上看，展现在我们面前的，就是一朵朵
美丽的郁金香了。它的花瓣很饱满，也很细腻，就像婴儿
粉嫩的肌肤。它没开放的时候，花瓣儿胀鼓鼓的，像一颗
颗绿色的小珍珠。它半开放的时候，微微张开的花瓣像一

片片小贝壳。全开放的郁金香像美丽的烟花,露出了嫩黄色的小花蕊,有的小花蕊像一盏盏精巧的小花灯,有的像一颗颗清晨的露珠,有的像一把把黄色的小雨伞……

郁金香的颜色多种多样,有纯净的白色、娇嫩的粉色、热烈的红色、明亮的黄色、迷人的紫色……还有些郁金香是渐变色的,晶莹剔透,很受欢迎。

郁金香的气味不像百合那么浓烈,也不像玫瑰那么馥郁,更不像兰花那么幽香,郁金香的香味是淡淡的芳香,不走近都闻不到它。郁金香的芳香不仅仅吸引了我,连蜜蜂和蝴蝶也来驻足观赏。

我爱美丽的郁金香,更爱这个光彩夺目的春天。

第五辑

茶茶家的新年

　　烟花一朵接着一朵在空中炸开,鞭炮一声接着一声响彻长空。小兔子茶茶抬起头,独自望着这满天星火的夜空。

　　茶茶突然想起来了妈妈对自己的嘱咐:"天黑后要赶快回家哦!"哎呀,已经天黑了! 茶茶连忙往家里赶——虽然她觉得现在还早,但是自己要做个不让妈妈担心的乖孩子才行。

　　跑着跑着,茶茶闻到了一阵香味。"嗯? 这是什么味道? 真香呀!"茶茶想。她顺着香味飘来的方向走,哇,原来是一户人家在吃"年夜饭"呢。桌上摆着几盘食物,大家在一起边吃边聊,茶茶听见人们管那些食物叫"饺子"。

看着这一家人,茶茶想起了妈妈。"听人类说,年夜饭团圆吃饺子,一家就会永远幸福地生活在一起!妈妈悉心照顾我,好想把饺子带回去给她尝尝呀……"于是,茶茶悄悄地、蹑手蹑脚地偷偷溜进厨房,叼了一个饺子回家。

兔妈妈看见了茶茶叼回来的饺子,奇怪地问:"这是什么?""这是我带回来的饺子,看起来很好吃,你尝尝吧!"兔妈妈闻了闻饺子,说:"真香啊!"但她看了看饺子,又看了看奶奶,回答:"这么好的东西我舍不得吃,还是把饺子留给奶奶吃吧。"于是,兔妈妈把饺子拿给了兔奶奶。可兔奶奶看到饺子后,却连忙摆手:"这饺子是茶茶带回来的,茶茶你吃吧。"

一份如此美味的食物,大家却都舍不得吃,都想留给对方,这可如何是好呢?

茶茶灵机一动,说:"我有个办法,大家都在这等着,不许动哦!"于是,茶茶先去菜园里拔了几根萝卜,仔细洗干净后切成萝卜丝,再用面粉做出了饺子皮,把萝卜丝包进去,饺子就包好了。

"平时都是妈妈给我做饭,今天我要给妈妈做一顿香喷喷的饺子……"茶茶一边说,一边把饺子在锅里滚了几遍,一盘热腾腾的饺子就上桌了!这时,茶茶的额头已经渗出微微的汗珠。妈妈欣慰地擦了擦茶茶的额头,说:"新的一年,茶茶长大了,懂事了,懂得孝顺我们了!"

在一声声的爆竹声中,兔子们围坐在一起,吃着茶茶包的饺子,三瓣嘴甜甜地笑了。

春天在这里

春天,是一个万物复苏的季节,那里的一切事物都是神奇而美好的。

你看那美丽的天空——

清晨,红红的太阳伴随着新的一天升起了。太阳像一盏明亮的灯笼,把小动物们从睡梦中唤醒。一开始,天空是浅紫色的,慢慢地变成了粉红色,当它变成蓝色时,新的一天的画卷也就随之展开了。

云彩千变万化,有时它像一匹驰骋的骏马,有时像一只顽皮的小狗,有时像一条蜿蜒爬行的蛇。当云彩变得黑压压的时候,伴随着第一声春雷,巨大的雨点从天空倾泻而下。当云彩变得雪白的时候,万里无云的春天就会伴随着来到。

再看万物复苏的大地——

湖畔,柳树抽出新的枝条,长出嫩绿的叶子。花儿、草儿,也绽开了笑脸,迎接它们期盼已久的春天。

小动物们的巢穴里,早已没有它们的踪影。它们都跑到了外面,去寻找春天的足迹。

平静的湖面上,碧绿的江水干净清澈,微风吹来,碧波荡漾。水面上不时游过几只鸭子,为水平如镜的湖面平添了许多生趣。

是的,春天中神奇而美好的事物有很多,只要我们带着一双善于发现的眼睛去寻找。

端午节的记忆

在所有的节日中，我最喜欢的就是端午节了。

端午节，在古代是用来祭祀龙族、祈福辟邪的日子。后来，爱国诗人屈原因为亡国而跳进了汨罗江，人们就把粽子和雄黄酒倒入江中，以此来纪念屈原，也就形成了现在的端午节。

关于端午节的记忆，我印象最深的便是一束束艾草了。它们长在堂前屋后，一大簇一大簇的，葱葱郁郁。艾草的香味不像百合花那么浓烈，也不像玫瑰那么馥郁，而是散发着一股清清苦苦的香气，使人联想到中药的味道。

我们会把艾草放在门口、挂在床边、别在耳后,用来驱赶蚊虫。我的家人还会用艾草水洗脸,但是我害怕会变成一个"艾草女孩",所以一直不敢尝试。现在想起来,那时的我胆子真小,下一个端午节我一定要去试一试。

一说到端午,当然少不了美味的粽子了!粽子是金字塔形状,把糯米和馅料放进竹叶里煮熟做成的。虽然大家在端午节都吃粽子,但是南方和北方的粽子不太一样。南方人爱吃甜粽子,北方人爱吃咸粽子,而我呢,是一个生活在南方的北方人,也就自然两种都喜欢吃了。有一次,姥姥煮了我最爱的蛋黄肉粽,我在一旁静静地等待,口水都流到地上了。姥姥对我说:"小馋猫,饿了吧!马上就好。"但我总嫌时间过得太慢,想马上就吃掉它。

端午节的记忆不仅只有这些,它最受小朋友喜欢的原因就是可以放假了。假期里,我们可以与小伙伴和家人一起爬山、野餐、放风筝……这些也是端午节不可或缺的一部分。

这些香味、美食和快乐的时光汇成了我的端午记忆,令我终生难忘。

放风筝

"柳条搓线絮搓棉，搓够千寻放纸鸢。"又到了万物复苏、春风拂面的季节，人们已经按捺不住春风的诱惑，来到草地上放风筝。在一个温暖的清晨，悦悦、龙龙和团团也来到早地上放风筝。

三个人从背包中拿出风筝和风筝线，准备放风筝。他们看了看湛蓝的天空，那里早已成了风筝的海洋，有活灵活现的鲤鱼风筝、神气十足的长龙风筝、威武勇猛的老鹰风筝。再仔细一看，风筝们好像在对着他们微笑，欢迎这可爱活泼的燕子风筝的到来。

龙龙负责拿线轴,团团负责拿风筝,龙龙对团团说:"一会儿等我跑起来,你把风筝举过头顶,跟着我一起跑,等到风筝即将飞起来的时候,你就松手。"团团点了点头,对龙龙说:"放心吧,我们一定能成功的!"果然,风筝在他们俩的努力下摇摇晃晃地升上了天空,三个人都开心地笑了。悦悦拿着一个蝴蝶风筝,对龙龙和团团说:"你们真厉害呀,能不能把我的蝴蝶风筝也放起来,让它在天空中自由地飞翔吧。"

　　在不远的地方,有一个小家庭把彩虹风筝放起来了。小孩子高举着风筝线,兴奋地对妈妈说:"快看! 我把风筝放起来了!"妈妈和爸爸在旁边相依相偎,微微一笑,对小孩子说:"你太棒了! 天上那些鲤鱼风筝、老鹰风筝和长龙风筝,都在看着你把风筝放起来呢!"小孩子听了这话,更高兴了,风筝也飞向了更高更远的天空。

　　不久后,蓝色的天空开始慢慢变黄,太阳慢慢不见了踪影。小伙伴们也各自回家,相约下次再来。

小牧童在颠倒村

一阵大风过后，小牧童被吹到了颠倒村。他睁开眼睛，只见树枝和树叶长进土里，树根却张牙舞爪地伸向天空。

他感到特别惊奇："这是哪儿?"他自言自语地说，"为什么所有事物都是颠倒的?"

可没过一会儿，小牧童就适应了这儿的环境。这时，已是黄昏时分，太阳渐渐东沉……什么? 东沉? 原来，这里的太阳是从西边升起，从东边落下的。这时，他的肚子有些饿了，便向远处的村庄走去，想找一户人家借宿一晚。

在村庄里游荡了一会儿后，小牧童找到了一户看起来不错的人家敲了敲门。门开了，一个十多岁的小男孩用手撑着地板，倒立着出来了。"你好，有什么事情需要帮忙吗？"小男孩问。

"我嘛……是那边村庄的人……是一个牧童……不小心迷路了……所以来这里找一户人家过夜。"小牧童这样说着，脸上挤出一个勉强的笑容。

"哦，是这样呀。"小男孩说，"那你快进来吧！你一定很累了。"说着，就把小牧童请进了自己家。

小牧童鼓起勇气问小男孩："为什么你们是用手走路的呀？"

小男孩吃惊地回答："在我们这里啊，每个人都是用手走路，从来没有见过用脚走路的人，你是唯一的例外。"

小牧童本来还想说什么，但见小男孩没有问下去，也就把话吞回了肚子里。这时，香喷喷的饭菜端上来了，小牧童马上跑过去，想看看饭菜是什么样的。这一看，小牧童惊呆了——饭菜也是倒着的！碗倒着悬浮在空中，碗中的菜看起来已经溢出外面来了。就这样,他吃了一顿不普通的晚餐。

吃完晚饭,小牧童想出去散散心,于是他走在巷子里。突然,一阵大风吹了过来,其他人都连忙躲进自己的房子里,只有小牧童不知道该往哪里躲。大风刮过来了,他想跑已经来不及了,大风把他吹了起来,他很害怕,紧紧地闭上了眼睛……

等到再次睁开眼睛,他已经在一片水塘里了。他往身下一看,发现自己还骑着一头黄牛呢。远处的池塘里,几只鸭子正在嬉戏。一切正常得就像什么也没有发生过一样。

长大以后,小牧童成了一位有名的作家,他写的童话《颠倒村》几乎每个人都听说过,他还经常被誉为"想象力最丰富的童话作家"。但是,他不肯接受这个称号,他说书里写的是一件真实发生过的事。

真的吗?

也许吧。

小羊咩咩的梦想

在一座幽静的山谷里，朗朗的月光下，正坐着一只小山羊。她托着腮，呆呆地望着天上那轮皎洁的月光，耳边只有风拂草地的"沙沙声"。

这时，小山羊的妈妈喊她回家了。"妈妈，月亮的家在哪儿？"小山羊侧着头问。"咩咩，月亮的家在山谷很远很远的另一边。"妈妈这样回答。"妈妈，我有一个梦想——去和月亮做朋友。"

第二天一早，咩咩就急着起床，想再去看看月亮。但当她急匆匆地跑到草地上时，咩咩惊呆了——月亮不见了！咩咩既惊讶又有些伤心：月亮为什么不在这儿？它去哪儿了？它出什么事儿了？想到这儿，咩咩决心要去找到月亮。

咩咩先在附近的草堆找了找，不见月亮的踪影。咩咩又去不远处的石堆找了找，但月亮也不在那里。咩咩想：月亮的家应该在很远的地方，它会不会在那儿？咩咩望着远处的一座大山，它向着山的方向走去。

"妈妈总是问我的理想是什么？我现在的理想就是找到月亮。"咩咩边走边想。她来到了大山脚下，山上的岩石很陡峭，毕竟咩咩是只小山羊，岩石对她来说根本就不算什么。只见咩咩轻轻地一跃，就跳上了那些岩石。这时，一只小壁虎正从咩咩的脚下爬过，她问小壁虎："请问，你看到月亮了吗？"小壁虎好像也没有什么头绪，抓了抓头，想了半天才说："我不知道月亮在哪里，只知道它的家在西边。""哦……我想和它做朋友。""那你就往西走吧！如果你找不到月亮，可以来找我做朋友哦！"

咩咩翻山越岭，继续往前走着。这山路可真难走呀，咩咩在一眼泉水旁停了下来。泉水里有一尾红色的鲤鱼。咩咩问："请问,你知道月亮去了哪里吗?"红鲤鱼摆了摆尾巴,说："我只知道月亮挂在天上,也许你可以问问鸟儿。你找月亮有什么事吗?""我想和月亮做朋友。""你真是一只真诚的小山羊呀! 如果你没有找到月亮的话,请和我做朋友吧!"

咩咩没有停止寻找月亮的脚步,不知不觉中,夜幕降临了,皎洁的月亮又出现在半空中。咩咩向月亮呼唤着:"月亮,我想和你做朋友,你可以下来吗?"月亮一直微笑着,但它始终没有下来。路过的飞鸟问咩咩:"月亮就是属于天空的,如果它不能和你做朋友,你会觉得伤心吗?"咩咩抬起头,淡淡地说:"我不会感到伤心。一路上收获的友谊,就是月亮送给我最好的礼物。"

小羊咩咩的梦想

鞋匠与军人

在一个偏远的西北小镇上,人们生活得美满幸福。然而,在街边一个不起眼的拐角处,有一家陈旧的鞋店。鞋店的招牌年久失修,但橱窗的玻璃却被擦拭得一尘不染。在干净透亮的橱窗里,摆着几排鞋店老板手工制作的各种鞋子。

小镇上的人们都爱找鞋店老板阿岳做鞋子,因为阿岳总能满足他们各种各样奇奇怪怪的要求。比如说,有些人的脚掌很宽,阿岳就会做一双像鹅掌一样宽大的鞋子给他们;有些人想要快些拿到鞋子,阿岳就会连夜赶制出来;孩子们玩耍跑丢了一只鞋子，阿岳也可以做出来一只一模一样的。在阿岳的工作室里，有一个小宝盒，里面装着两只不同寻常的鞋子，因为他有一个特殊的朋友。

那是三个月前的一天，是前线军人回家的日子。阿岳和其他人一样，捧着美丽的鲜花，带着包装精致的礼物，去迎接他的朋友。没错，那个精美的礼盒里，正是一双油光锃亮的小牛皮鞋。

然而，当他看见拄着拐杖的战友从白色的马车上缓缓走下来时，阿岳捧着礼物盒子的手僵住了——因为这双硬挺的小牛皮鞋已经不再适合他了。战友耸了耸肩，笑了笑说："不用为我担心，老朋友，只是一次偶然受伤留下的。除了右脚在走路时有些不舒服，经常要垫很多鞋垫才会感觉好一点以外，其他也没有什么大碍了。"说完，他和阿岳肩并肩，一瘸一拐地往家的方向走去。

时隔六个月，到了军人回前线的日子。阿岳还是跟之前一样，捧着一束美丽的鲜花，带着一份包装精美的礼物。只不过，阿岳捧着的那个盒子，是他工作室的那个小宝盒。

他颤抖着把盒子递给了他的朋友。朋友打开了盒子，里面竟然是一双高低不同的鞋子。战友想说什么，但眼眶里已经含满感动的泪水。两个人相互看了看，手紧紧地握在一起。阿岳对他说："一定要平安回来！"战友紧紧盯着阿岳的眼睛，回了一声"好的"便向马车走去。马车缓缓开走了，阿岳一直望着这辆车，直到它消失在他的视线里。

战争是残酷的，它夺走了生命和人性。真希望我们的世界不再有战争，不再有失去，每次太阳升起，带来的都是充满爱和希望的清晨。

鼹鼠先生的春日列车

我是在作业本里发现这张卡片的——那是四月的早晨,刚下过蒙蒙细雨,这张泛着光泽的粉色卡片实在太显眼了。

我不知道它是怎么出现在这儿的,但我发现它的上面有个五个手指的小爪印,旁边还留下了一个地址:风铃路628号。

虽然我不太信任这个地址,但我还是在黄昏时分到达了那儿。眼前出现了一辆列车,有粉红色的樱花车顶和像草地一样柔软的车座。列车长室里有一个黑影,我走近一看，原来是披着斗篷、戴着帽子的鼹鼠先生。他转过头，对我说："欢迎来到春日列车！这辆车是专门给善良的小朋友准备的，就像你这样。"我问："这趟列车开去哪儿？"他回答："去见这个世界上最美的春天。"

我走进了春日列车，选了一个靠窗的位子坐下来。列车缓缓地开动了，美丽春天的一帧帧画面和动听的声音不断掠过我的眼睛和耳朵：春雨像一根根纤细的绣花针，落地的时候还发出"嘀嗒，嘀嗒"的声音；春风"呼呼，呼呼"地吹过刚发芽的小树，好像在对我们诉说着什么；春雷好像在打着自己的鼓，"咚咚，咚咚"，把正在冬眠的小动物们叫醒；树上那小小的、青色的小毛桃，在经过了雨水的滋润后，也向我绽开笑脸。

正当我陶醉在这美丽的春天之中时，鼹鼠先生来到了我的身边，摘下他的帽子，俯身对我说："小朋友，已经到站了！快点下车吧！"然后把我往车外推。我刚想开口说："我不想下车……"结果，一脚踩空，从座位上掉了下去……

当我再次睁开眼睛，发现自己正躺在床上，旁边的闹钟显示着:6点28分。原来,这只是我的一个梦啊。

　　生活中会有很多这样的旅途,在每个旅途中,我们都要有一双会发现的眼睛,发现更多美好的新事物。

鼹鼠先生的春日列车